# リケイ文芸同盟

向井湘吾

幻冬舎

# リケイ文芸同盟

装幀　鈴木久美
装画　今日マチ子

目次

## 1　登場人物の気持ちを答えなさい

数値化できないものは、どうも苦手である。

桐生蒼太《きりゅうそうた》は、日々、それを実感しながら生きている。

たとえば、服装。同じ服を着ても、似合う人と似合わない人との差があって、非常に困る。「髪の長さが一〇センチ以内の人のみ、この服を着用できる」とか、そんな分かりやすい表示があったら、いらぬことに神経をすり減《へ》らす必要もないのに。

たとえば、女性との会話。まったく同じ言葉だとしても、イケメンが言えば気の利いたジョークになるが、そうでない人が言えばセクハラになり得る。「顔面偏差値が六十以上の人ならセーフ」とか、そういう指針があればいいが、あいにく、そういったものは存在しない。とにもかくにも、この世は曖昧模糊《あいまいもこ》としている。

桐生は、純粋な理系人間である。大学受験では、一秒たりとも迷うことなく、理学部数学科を選んだほどだ。人生二十五年間にわたって、理系的感覚を培ってきた。隠された理《ことわり》を暴き、たった一つの解を追い求める。つまるところ、曖昧なものを排除することに、長い長い時間をかけてきたということだ。にもかかわらず、身の回りにある曖昧なものたちは消え去る気配がなく、むしろ、桐生が嫌えば嫌うほど増殖しているような気がする。

この世は、数字で測り切れぬ。

それが分かっていたからこそ——桐生は、無謀な挑戦をしてみたくなった。この理系頭だけを武器にして、「世の常識」というものと、一戦交えてみたくなった。

＊

「我々が知覚できる宇宙は無限ではない。つまりは、そういうことですよね？」

問いかける声が、静かなオフィスに響き渡る。カタカタとキーボードを叩く音、低く鳴り続ける空調の音……。それらの織りなす調和を乱さぬ程度の、落ち着いた声だった。

「いいえ、先生のおっしゃる意味も分かります。ですが、宇宙はどこまで広がっているか、というのは、人間としての冒険心をくすぐられる話題じゃないですか。読者もきっと、気になると思いますので……、はい、はい」

一見すると、どこにでもありそうな会社だけど……そこを行き交う言葉たちは、なんとも異色な響きを持っていた。宇宙、無限、冒険心。

「はい、ですので、『オルバースのパラドックス』について、もう少し詳しく書いていただけないでしょうか？」

まったく知らない人からは、いったいどう見えるのだろうか。

受話器に語りかけながら、桐生は思う。机の左右には、山のように積まれた本の数々。散乱したコンパスや定規。そして、電話口で発せられる専門用語。

夏木出版・かがく文庫編集部。

「科学の面白さ」を読者に伝えるべく、日々、本作りに没頭している部署である。

「はい、ありがとうございます。よろしくお願いします」

丁寧にお礼を言って、桐生はそっと受話器を置いた。

何とか、こちらの言い分を分かってもらえて、ホッと息を吐《つ》く。著者との電話は、いつも神経がすり減る思いである。原稿の書き直し――いわゆる「改稿」をお願いするときは、特に。

だが、肩の力が抜けたのも束《つか》の間《ま》だった。部長席から、上司の声が飛んでくる。

「桐生君、図版はどうなってる？」

「はいっ、確認しますので、少々お待ちください」

桐生は慌てて、メールソフトを立ち上げた。新着メール一件。デザイナーに依頼していた図版が、たった今届いたようだ。

周囲からは、パラリパラリと紙をめくる音が、ときおり聞こえている。

「図版」というのは、本文の補足をする表とか、イラストとか、写真とかの総称だ。社会の教科書とかにたくさん載っている、アレである。

当たり前だが、イラストや写真に何の手も加えず、そのまま本に載せることはほとんどない。

仕入れた食材を調理するシェフのように。バラバラの材料を組み合わせ、デザイナーが図版を完成させる。イラストレーターに発注したイラストを、表の中に組み込んでもらったり……あるいは、写真家から買い取った写真に、適切な説明文を付加したり……。たかが図版、と思われがちだが、完成までには何人もの人間が介在している。

そして、その発注をしたり、指示を出したりするのは編集者の役割なのである。

「では、これで入稿の手配をします」

送られてきた図版を部長に見せて、不備がないことを確認してもらうと、桐生は速やかに自分の席へ戻った。すぐさま電話を取り、かけすぎて暗記してしまった番号をプッシュする。二回のコールの後、聞き慣れたデザイナーの声が聞こえてきた。

「お世話になっております。……はい、これで入稿させていただきます。……はい、素晴らしい図版をありがとうございます。……はい、今後ともよろしくお願いします」

電話に向かってぺこぺこと頭を下げ、受話器を置いた次の瞬間には、パソコンに向き直っている。今度は、図版のデータを印刷会社に送って、原稿に組み込んでもらわねば。

メールを打ちながら、桐生はチラッと時計を見やる。大丈夫だ。今回は締め切りまで、まだかなり余裕がある。

かがく文庫の仕事は、数学の証明と同じ要領でやればいい。それは、社歴三年弱という短い期間における、桐生なりの実感だった。

数学の証明では——まずはこっちの辺の長さを求めた後、続いてあっちの角度を求める。得られた数式を変形して、扱いやすい形に加工する。そうやって、理想のゴールに向かって、一歩ずつ、一歩ずつ近づいていく。答案に一か所でも欠陥があれば、決して正解とはならない。地道に地道に、穴を埋めていく。

編集も同じだ。著者から原稿をもらうのはもちろん、イラストレーターには絵を描いてもらい、デザイナーには表紙や図版を作ってもらう。それらを一つひとつチェックして、問題がなければ、まとめて印刷会社に託す——すなわち、「入稿」する。そして最後には、信頼のおける校正者に校正・校閲を依頼する……。このうち一つでも手配を怠れば、本は完成しない。証明は、成功しない。地道で、気の遠くなりそうな作業。

だけど、この過程こそが面白い。複数の糸が撚《よ》り集《あつ》まり、一本の強固な綱となるのを見ると、本当に胸のすく思いがする。しかも、この一冊が理系分野の楽しさ、奥深さを読者に伝えてくれるのだから、もはや言うことは何もない。

理系頭の桐生にとって、この世は理解できない曖昧なもので溢《あふ》れている。けれど、不安を胸に飛び込んでみたこの世界では、何とか、身の振り方を見つけることができた。

今月の担当書『化学に学ぶ生き抜く知恵』も、もうすぐ完成だ。

「桐生君、島原先生からの著者校正は？　返ってきているのか？」

部長が、自分のデスクに座ったまま声をかけてきた。時計の針は、すでに正午を回っている。

「もう戻って来ているはずですね。総務に内線してみます」

そう答えながら、桐生はサッと受話器を取った。

「著者校正」とは、著者によるチェックのことだ。島原先生には、訂正部分に赤字を入れた校正刷《ゲラ》を、宅配便で返送するようにお願いしている。それを確認して、訂正箇所をこちらのゲラに反映すれば、晴れて校了。一丁上がりだ。

ちなみに島原先生とは、『化学に学ぶ生き抜く知恵』の著者であり、先ほど電話をかけたのとは別の人。その道ではけっこう有名な教授で、かがく文庫からも何冊も本を出しているベテラン、なんだけど……。

「ゲラ？　届いてませんよ？」

「えっ？」

すっかり気を抜いていた桐生は、受話器から聞こえた女性社員の声に、思わず間の抜けた返事をしてしまった。状況に頭が追いつくのに、少々の時間を要する。

来てない？

「宅配便ですよ？　島原先生からの。たしかに送ってもらうことになってまして……」

「でも……、少なくとも午前の便の中にはありませんけど」

総務の女性が、困ったように答える。

そんなはずはないのに……。そう言いかけてから、桐生はふと、視界の隅に違和感を覚えて思いとどまった。

「……分かりました、ありがとうございます」

それだけ言って、内線を切る。桐生はそっと、パソコン画面に目をやった。

画面の右下で、白い封筒のマークがピコピコと光っている。先ほどとは別の新着メール。嫌な予感を覚えつつ、おそるおそる、受信ボックスをクリックする。

そのとたん。ごく簡潔で、かつ、非常にたちの悪いメールが姿を現した。

桐生蒼太様
すみません。
著者校正、今、終わりました。
宅配便に間に合わず、申し訳ありません。
お手数ですが取りに来てもらえますか。
島原

「島原先生のところ、行ってきます！」

足元の鞄《かばん》と、椅子の背にかけてあったスーツの上着を引《ひ》っ掴《つか》んで、桐生は編集部を飛び出した。部屋を出る間際、苦笑いを浮かべる編集部の面々が、かすかに視界に入った。

エレベーターに向かって駆けながら、チラリと腕時計を見る。

結局、締め切りギリギリだ。

毎日毎日、降って湧いたように仕事は増える。横柄な著者に振り回されたり、気難しいイラストレーターとの交渉に神経を遣ったり……。はっきり言って、息が詰まりそうな日の連続である。

しかし、なんだかんだと挫《くじ》けずに済んでいる。きっと他の仕事だったら、こうはいかなかっただろう。「かがく文庫」という理系の土俵だからこそ、桐生は存分に、自分の相撲を取ることができた。

理系頭を活《い》かせる仕事。桐生は、そこそこ満足していた。

そう、そこそこ満足していたのに……。

「会社というのは、どうしてこうも非合理的なことをするんだろうなぁ」

ぼやくように言うと、桐生はジョッキを傾けた。ピリッという感覚が舌を、喉を刺激して、冷たいビールが胃に落ちる。プハッと息を吐いてから、また言葉を漏らす。

「ショック大きいよ。今の部署、気に入ってるから」

カウンターで肩を並べる大柄な男が、チラッとこちらに横目を遣う。彼は、串に刺さった焼き鳥を、肉食獣みたいにまとめてかじり取った。

「でもよ、俺も桐生ももうすぐ丸三年だし、珍しい話じゃないだろ？」

「そうなんだけどさ。ようやくこれからだ、と思ってたのに」

そう答えて、桐生は肩を落とした。隣の男は、特に気を遣う様子もなく、うまそうに口を動かしている。桐生の分の串まで食べているように見えるが、あいにく、文句を言う気力さえ湧いてこない。

四月から、文芸編集部へ異動してほしい。

つい先ほど、直属の上司から、桐生は唐突にそう告げられた。自分はあと二か月間しか、かがく文庫編集部にいることが許されない。その事実を、桐生はまだ受け止めきれずにいる。

「同じ編集なんだろ？　そんなに変わるものなのか？」

「そりゃあ変わるよ。っていうか、頼むから飲み込んでからしゃべってくれ」

桐生がたしなめると、男はニヤリとした笑みを返してきた。短い髪が、頭の上で針みたいに逆立っている。こういう髪型が流行《はや》っているのかどうか、桐生は知らない。

嵐田友則《あらしだとものり》。夏木出版の営業部員にして、桐生の大学時代からの悪友だ。横浜にある同じ大学の、同じ数学科で学んでいたこともあって、学生の頃からよく二人でつるんでいた。

同じ会社に勤めるようになってからも、会社帰りに飽きもせず、何かにつけて居酒屋に寄る。不思議な縁、としか言いようのない関係だ。どうせなら、もう少し知的な人間と縁を持ちたいものだけど。

ビールに口をつけ、けれど桐生は、すぐにまたジョッキを置く。

「編集者は、一緒に仕事をするすべての人に意見を言えなくちゃならないんだ。イラストレーターにも、デザイナーにも、そしてもちろん著者にも。今までは、理系の知識が活かせたから、物おじせずに意見を言えたけれど……。俺は、文芸知識はほとんどないんだ。プロの小説家相手に、いったい何を言えばいいんだよ」

「あ、お姉さん、ナマ一つ」

「おい、聞いてるのか？」

桐生が少し声を荒らげると、嵐田はまたニヤリと笑った。枝豆を無造作に掴み、口の中に実を押し出しながら言う。

「聞いてるぜ。ばっちり聞いてる」

「だから、食べながらしゃべるなって」

馬耳東風とは、こういうことを言うのだろうか。うんざりしながら、桐生も枝豆に手を伸ばす。すでに、小鉢の中には数えるほどしか残っていなかった。

桐生がため息を吐くと、嵐田はガハガハ笑いながら肩を叩いてくる。

「すねるなよ。ちゃんと聞いてるって。意見が言えない、って話だろ？　問題ねぇよ、ノープロブレム。なんなら、理系特有の意見を言ってやればいいじゃんか」

「簡単に言うけどなぁ……」

ホッケを箸でほぐしつつ、桐生はつぶやいた。

考えれば考えるほど、気持ちは沈んでいく。嵐田のように楽観的に生きることは、どうも桐生には無理なようだ。

桐生は、大学卒業と同時に夏木出版に編集職として入社。以来、二年と十か月をかがく文庫編集部で過ごしてきた。入社三年での異動は、別に珍しいことじゃない。だけど自分の場合、異動の前後のギャップが大きすぎる。

今までは、有名な物理学教授を相手にしたときも、天文学の権威と会ったときも、ひるまずに対応することができた。たとえ専門外であっても、「理系分野」という根幹が揺るがない限り、何とか乗り切ることができた。

だけど、文芸は別だ。

桐生は、数値化できないものは苦手である。その意味で、文芸は桐生から最も縁遠いジャンルと言って間違いない。

大学入試のセンター試験も、現代文の「小説」で大コケした。答えが必ず一通りに定まる数学とは、明らかに別世界。登場人物の気持ちを答えろ、などと問われたら、桐生には為す術《すべ》もなかった。人は、笑っていても喜んでいるとは限らないし、泣いていても悲しんでいるとは限らないのだから。ありとあらゆる可能性を考慮したら、答えを一通りに絞るなど無理な相談だ。

これほど厄介な問題を、桐生は他に思いつかない。

そう、文芸は、桐生のような人間にとって、完全にアウェイな空間なのである。

実際、桐生が調べたところによると、文芸編集部に理系出身者は一人もいない。個人の感性が何よりも重く扱われる世界ほど、理系の人間が生きにくい場所はないものだ。

おまけに……。

「どうして、よりによって文芸なんだろうなぁ。今、うちの会社で一番調子の悪いジャンルじゃないか。新書とか、ビジネス書とかならまだいいのに」

声を出すと、こめかみの上あたりが少し痛んだ。酔いが回ってきたのか、それとも、不安が形になって桐生の頭を締めつけているのか。

夏木出版に限った話ではないが、今、びっくりするくらい文芸書は売れない。価格の安い文庫本ならまだしも、単行本は鳴かず飛ばずもいいところだ。「超有名作家が書きました」とか、「直木賞を取りました」とか、そういう話題がないことには、売り上げを伸ばすのは厳しい。

文芸というジャンルそのものが、まさしく火の車なのだ。

希望に胸を膨らませるには、少々条件が悪い。

「まあ、いいじゃねぇか。何事も経験だよ」

新しいビールをひと息で半分ほど飲み干して、嵐田は笑った。

「ところで、作ってる途中の本はどうすんだ？　誰かに引き継ぐのか？」

「ああ。三月刊行の『宇宙最大級の難問たち』が、最後の仕事だ。それ以外は他の人に任せる」

「『宇宙最大級の難問たち』？　ああ、あれだろ？　オルバースのパラドックス」

嵐田がサラッと言ったので、桐生は「へぇ」と感心した。

「よく知ってるな」

「内容を知らねぇ本は営業できねぇからな。部長さんに目次を見せてもらったわけよ。懐かしいな。パンキョーで習ったもんだ」

しみじみとした口調で、嵐田が答える。パンキョーというのは、一般教養科目だ。数学科で学んだ二人だが、「専門バカ」にならないために、そうした科目もいくつか受講した。オルバースのパラドックスを習ったのも、一般教養科目「宇宙科学」の授業だった。

この宇宙が無限に広がっていると仮定すると、そこには当然、無限の星が浮かんでいるはずである。すると、地球には無限の光が届くことになり、夜空は無限の明るさで輝いていないとおかしい——。

大雑把に言うと、そんなところだ。「夜空はなぜ暗いのか」という謎に、背理法を用いて大胆に切り込んだわけだ。十九世紀の天文学者ウィルヘルム・オルバースが提示したこの疑問は、千差万別な仮説を呼び起こし、以後、百数十年にわたって議論され続けることになる。

パラドックスの内容そのものは、いたってシンプル。だから、これを習った授業の記憶は、桐生の中にも強く残っている。もっとも、強く残りすぎたために、後々に余計な面倒が生じてしまったわけなのだが。

「宇宙と言えば……」

そう言って、嵐田がニタリと笑った。嫌な予感がする、と思った傍《そば》から、芝居じみた声が飛んでくる。

「『天すらも有限だなんて。人生って儚《はかな》いなぁ』だっけ？」

「うるさいな。もう忘れてくれ」

語気を強めて、桐生は口元を歪《ゆが》めたが、嵐田はただ笑っているだけである。

たしか、授業でオルバースのパラドックスを習った直後のこと――酒宴の席にいた桐生は、いきなり大声でそんなセリフを口走ったらしい。らしいというのは、自分自身は覚えていないからである。ついでに言うと、他にもいろいろと恥ずかしいことを叫んでいたようなのだが、何一つとして記憶に残っていない。

あれ以来、「酒は飲んでも呑《の》まれるな」が桐生の座右の銘だ。できれば、黒歴史は過去の闇の中に葬ってしまいたいわけだが……この悪逆非道の男は、何年も経《た》った今でもネタにしてくる。

「お前、意外と詩人だよな」

「怒るぞ」

「なんだよ、せっかく褒めてんのに」

桐生が睨《にら》みつけても、嵐田はおどけた表情を見せるだけで、まったくこたえていなかった。

「詩人の蒼太クンなら、きっと文芸編集部でもやっていけますぜ」

ガハハ、と笑って、嵐田はビールをあおった。口元を乱暴に拭って、うるさい声で言う。

「それによ、お前、いつも言ってるじゃねぇか。編集は証明問題と似ている、ってさ。文芸だって、その気持ちでいけば何とかなるって」

「無茶言うなよ。これは言ってみれば、微分も知らずに数学科に入るようなもんなんだってば」

「だったら学べばいい。それか、微分以外の武器を見つけるんだな」

何でもなさそうに言うと、嵐田はジョッキを空にする。追加のビールを注文し、また枝豆を口に運ぶ。

「それによ、これって逆にチャンスじゃねぇか。きっと、理系の人間にしかできない仕事が、手つかずで山ほど埋まってるぜ。どうせだったら、お前が文芸編集部の救世主になっちまえよ」

桐生は一瞬、返事に詰まった。そんなふうに言われると、返す言葉がなかなか浮かばない。

嵐田が雑なのは、見かけだけだ。この男はいつだって前向きで、しかも悔しいことに、筋の通ったことを言う。腐っても数学科出身者、というわけだ。

「そんなことで乗せられるとでも思ってるのか?」

「思わんな。だが、なまじ頭が良いからって、余計なことまで考えすぎるのがお前の悪いクセだぞ。やってみりゃあ、意外と何とかなるって」

豪放に笑いながら、嵐田は言う。そしてふと、急に思い出したように言葉を継いだ。

「そうだ。文芸編集部は、いったい何人いるんだ？」

「何だよ、いきなり……。たしか、七人。俺を入れて八人、だったかな」

ちょっと戸惑いつつ、桐生は答える。嵐田は、最後の枝豆を口に入れ、何やら楽しそうに言った。

「八……良い数字じゃねぇか」

桐生は一瞬、あっけにとられてしまったが、やがて、その言葉の意味にハッと気付いた。

「八といったら、『$2^3$』か……。『$3^2-1^2$』でもあるな。たしかに良い数字だ」

「その通り、さすがは桐生。話が分かる」

満足そうに枝豆を咀嚼《そしゃく》する嵐田。少し黙り込んでから、桐生は首を傾《かし》げた。

「……で、それがどうしたんだ？」

「どうしたかって？　細かいことは気にするな」

周りをはばからず、嵐田が大声で笑う。まあ、そんなことだろうとは思っていた。

ちょうどそのとき、ビールのジョッキが二つ、店員に運ばれてやって来た。それを上機嫌に受け取る嵐田。おかしい。桐生のビールは、まだ半分近く残っているのに。

思わず目を丸くすると、嵐田が親指をグッと立てた。言葉がなくとも、何が言いたいのかは伝わって、桐生は苦笑する。

細かいことは気にするな。

たしかに俺は、少し考えすぎているのかもしれないな。

「さあ！　桐生の栄転と、我らが数学に乾杯だ！」

嵐田が高らかな声を上げるのを合図に、二人はジョッキを打ち鳴らした。


不満があるからといってふて腐れるのは、それこそ非合理的な行いだ。

地下鉄の駅構内から地上に出るとき、桐生は心の中でつぶやいた。遮るもののない真っ青な空から、澄み切った朝日が降り注ぐ。

四月一日。何かの始まりを感じながらこの日を迎えるのは、ずいぶんと久しぶりな気がする。入社式以来と考えると、実に三年ぶり、ということになる。

皇居の周りの堀は、きっと桜で溢れていることだろう。仕事で昼間は行けないが、夜桜でも見に、帰りに足を延ばしてみようか。

異動のための準備は、昨日までにすべて済ませておいた。かがく文庫の編集部がある三階から、文芸編集部のある五階へ。荷物はすべて、新しいデスクに移し替えてある。仕事の引き継ぎも万全だ。名残惜しそうにしてくれた同僚たちにも、先週のささやかな送別会で、別れの挨拶を済ませておいた。

立つ鳥として、跡を濁してはいないはず。あとは、新天地に向けて飛び立つだけでいい。

それに、意外と何とかなるのではないかと、桐生は思い始めていた。

決して、嵐田に励まされたから、というわけではない。だが、二か月にわたって異動の準備をする間に、ずいぶんと気持ちの整理ができた。理系だって、やれるはずだ。ハンディなんて、きっと気にするほどのものではない。文芸はかがく文庫と比べて、本の内容はきっと簡単だろうし。

「おはようございます！」

入学式の日を迎え、初めて制服に袖を通した学生のような気持ちで。桐生は、文芸編集部の扉をくぐった。

「あれ？」

しかし、一歩足を踏み入れた桐生を出迎えたのは、冷えて、静まり返った空気だった。ひっそりと窓から射《さ》し込《こ》む淡い光に、十ばかりある机がぼんやりと照らされている。入口付近で、桐生は足を止めた。

壁の時計が、朝の八時を指す。文芸編集部には、まだ照明すら点《つ》いていなかった。

他の多くの出版社においては、「編集者は昼頃まで出社しない」というのが常識である。夜型ばかりの作家たちに生活リズムを合わせるため、自然とそうなってしまうらしい。そして、そんな特殊な業界の中では珍しく、夏木出版は「九時始業」を掲げているわけだが……。

さすがに、始業一時間前は早すぎたようである。肩透かしを食らった気分になって、桐生はハァと息を漏らした。

昨日も挨拶に来たから、一応の様子は分かっているつもりだけど……。桐生はとりあえず鞄を置いて、辺りを見回す。

はて、蛍光灯のスイッチはどこだったか。

部屋は大して広くないが、どういうわけか、スイッチらしきものは見当たらなかった。代わりに、新しい仕事場の諸々《もろもろ》が、自己主張でもするかのように、次々と目に飛び込んできた。

かがく文庫編集部と同様、どの机にも本が山と積まれている。壁一面を埋め尽くす書棚には、単行本、文庫本を合わせて数千の書籍が並んでいる。そして窓辺では観葉植物が伸び放題で、桐生の頭より上の高さまで、やけに芸術的な形に育っていた。

入口脇の壁には、大きなホワイトボードが据えられていた。見ると、何人かの名前と外出予定などが書き込まれている。桐生は、そこに書かれた八つの名前を上から順に眺めた。

すでに顔見知りの人。会えば思い出せそうな人。そして、まったく心当たりがない人。一番下には、すでに桐生の名前もあった。

夏木出版の従業員は、全部署を合わせて二百人程度。決して「大手」の部類には入らないが、それでも、かかわりのない部署の人間までは把握しきれない。昨日、挨拶に来たとはいっても……。あいにく、顔と名前はこれから一致させなくてはならない。

もう一度、ひと通り部屋を見渡してから、桐生はデスクまで引き返した。やることもないので、とりあえずパソコンのスイッチを入れてみる。結局、電灯のスイッチは見つかっていないけれど、誰かが来るまでは我慢しよう。

まさに、そう思ったときだった。何の前触れもなく、頭上の蛍光灯が点灯。不意を突かれて、桐生は目を細めた。

「あっ！」

背後で驚く声がするので、桐生は慌てて振り返る。入口のところに、小柄な女性が立っていた。黒髪のセミロング、クリッとした目。二十代の前半だろうか。名前は……出てこない。

「桐生先輩、お早いですね」

足早に近寄って来ると、彼女はニコリと微笑《ほほえ》んできた。自然と見下ろす形になって、桐生は少し恐縮する。

ん？　先輩？

「ええと……」

「文芸の鴨宮《かものみや》です。今日からよろしくお願いします」

そう言って、彼女はペコリと頭を下げてから、その細長い指で天井を指した。

「電気の場所、分かりにくいですよね？　なぜか知らないんですけど、部屋の外にスイッチがあるんです」

「ああ、そうだったんですか」

「はい。先輩が暗い中に一人立っていたので、ユウレイかと思いましたよ」

鴨宮さんは、おかしそうにクスクス笑う。子どもみたいに無邪気に笑う人だと、桐生は思った……と、同時に、彼女の言葉の端に引っ掛かりを覚えて、首を傾げる。

「それより、僕は今日来たばかりなのに、『先輩』というのはおかしくないですか？」

「だって、あたしは今日から入社三年目。桐生さんは四年目でしょう？　編集者としては、一年先輩です」

「そうなのか」

頷《うなず》きながら、桐生は少したじろいだ。まだ右も左も分からないというのに、いきなり後輩ができてしまった。前途多難である。ただでさえ女性と話すのは苦手なのに、いったいどう接すればいいのだろうか……。

「それでも、ここでは俺が教わる側だから。よろしくお願いします」

困り果てた末に、敬語なのかタメ口なのか分からない、ちぐはぐな言い方をしてしまった。

鴨宮さんが、苦笑に近い微笑を浮かべる。

「はい、こちらこそ」

それでも、明るい声で彼女は言った。いつの間にか、肩にずいぶん力が入っていることに、桐生は気が付いた。

　桐生が自分の席に座ると、鴨宮さんは、ちょうど向かいの席に腰を下ろした。パソコンを起動する、かすかな音。

　そうか。これからは、この人がお向かいさんというわけか。

　そう思って、桐生は何の気なしに正面を見つめる。デスク同士は仕切りで区切られているから、座ったままでは相手を視界に収めることはできない。見えるのは、パソコンのディスプレイの上辺と、タワーのように積み上がった書籍のみ。きっとこれが、今後数年間、桐生が拝み続ける光景なのだろう。

　……と、思っていたんだけど。なぜか、不意に仕切りの向こう側から、鴨宮さんの目元から上がひょいと現れた。

「先輩、子どもの頃、クラスに転校生とか、来ませんでした？」

「え？」

　仕切りを挟んで目が合ってしまい、桐生は軽く狼狽《ろうばい》した。

「そ、そうだな……、来たときもあったかな」

「それと同じ気持ちなんです。なんだか、意味もなくワクワクします」

　鴨宮さんは、歌うように言った。そしてその笑顔は、巣穴から顔を出し、また引っ込んでいく小動物みたいに、仕切りの向こうにそろそろと消えていく。大して間をおかず、カタカタとキーボードを叩く音が響き始める。

本当に、子どもみたいな人だ。

しばしあっけにとられてから、ぼんやりとそう思った。同時に、桐生は自分の胸の内に、ほんのりとした温かさと、かすかな痛みが走るのを感じた。

しばし戸惑い、やがて思い当たった。

それは懐かしさだった。

桐生は鴨宮さんの笑顔を見て、懐かしいと思ったのだ。今日の今日まで、一度も話したことがなかった人なのに。

そう感じさせる何かが、彼女にはあった。

ガチャン

不思議な感情の要因を探っているところで、ドアの開く音がした。振り向くと、五十歳くらいの小太りな男性が入ってくる。桐生は立ち上がり、頭を下げた。

「おはようございます」

相手の男性は、無言で目を細める。眉と眉との間に深いしわが寄り、表情が鬼瓦みたいに変化する。社内でも「顔が恐ろしい」と有名だが、実際に間近で向かい合うと噂《うわさ》以上である。

文芸編集部のトップ、曾根崎《そねざき》部長だ。

「本日からよろしくお願いいたします」

「ああ、よろしく」

再度頭を下げた桐生に向かって、部長はそっけなく返事をした。昨日も思ったが、あまり愛想が良い人ではないようだ。特にそれ以上は何も言わず、さっさと自分のデスクに座ってしまう。桐生や鴨宮さんが座る席とは少し離れた、小島のようなデスクである。あれが部長席というわけか。

それから始業の九時に近付くにつれ、次々と人が集まり始めた。桐生が一人ひとりに挨拶をすると、みな、笑顔を返してくれた。けれど、なんとなく、誰もがせわしないように見えた。仕事は始まったばかりだというのに、手早くパソコンを操作したり、机をガサゴソとあさったりしながら、やけに時計を気にしている。

「毎週火曜日は、九時ちょうどから編集会議なんですよ」

桐生が怪訝《けげん》に思っていると、向かいの席から鴨宮さんが顔を覗《のぞ》かせた。

なるほど。九時といったら、あと一、二分しかない。バタバタして当然である。だが、それならもう少し早く出社すればいいのに。

そんなことを考えている間に、みながどこかへ移動し始めた。桐生もノートとシャーペンを持ち、とりあえず立ち上がり、後に従う。

ドアを出るところで、厳《いか》めしい顔をした曾根崎部長が声をかけてきた。

「今日は見学でいいが、来週からはちゃんと参加してもらうからな」

眉間にしわを寄せ、部長が言う。ブルドッグに似ているのだと、今さらながら桐生は気が付いた。

階段を下って行き着いた先は、四階の会議室だった。大小二つあるうちの小さい方の部屋――ロの字型に並べられた机を、十ばかりの椅子が囲んでいる部屋だ。背筋を伸ばして入室し、ドアに一番近い席に着いてノートを開く。

「では、今週の会議を始めるとしよう。まずは企画の進行状況から」

恐ろしげな顔をしたまま、曾根崎部長が言った。会議机をぐるりと囲むように座った八人のうち、部長の右隣――四十くらいの女性がまず口を開く。

「志田先生の新刊『隣人の卒業論文』についてです」

桐生は、すでに配られていた「刊行予定表」という資料に目をやる。「単行本・文庫本　刊行予定表」と書かれた欄の一番上に、『隣人の卒業論文』の文字。当たり前だが、タイトルからしてかがく文庫とは毛色がまったく違う。いったい、隣人の卒論をどうするつもりだろうか。まさかコピペして自分の物にしてしまおうとでも言うのか。それとも代わりに執筆する、いわゆるゴーストライターか。

女性社員が、淡々とした口調で言葉を続ける。

「こちらの単行本は、六月十二日配本の予定で進めております。すでに先生から原稿をいただいておりますので、今週中には入稿しようと考えています」

この辺りは、やっぱりかがく文庫と似たようなものだ。

配本――すなわち、書店に商品を発送する日付から、進行スケジュールを逆算していく。文芸に移ろうとも、そういった根本は同じなのだ。桐生は少し安心して、６／12と日付をメモする。

６／12＝１／２
きれいに約分できて、気分もいい。

「広松先生の『ままならぬ女』についてです」

続いて、やはり四十くらいの男性社員が発言する。曾根崎部長の左隣。どうやら、上座にいる人間から順に報告しているようだ。

「こちらはすでに脱稿済みです。カバーはこのようなデザインを予定しています」

そう言うと男性は、手元のプリントを顔の前で広げ、みなに見えるよう掲げた。何やら抽象画のようなうねうねとしたイラスト。数匹の蛇が、火の中でブレイクダンスを踊っている、と言えば近いかもしれない。

いったい、何が「ままならぬ」のか、この表紙だけではさっぱり分からない。

「うん、いいじゃないか」

部長のそっけない声が聞こえて、桐生は驚き、危うく声を上げるところだった。あのイラストの、どこがいいのか。おかげで桐生は、蛇のブレイクダンスの何が「ままならぬ」のか考えようと、しばらく本気で頭を悩ませることとなる。当然、答えが見つかるはずもない。

その後も、六月以降に刊行される文芸書について、順々に報告がなされていった。ちなみに、六月は単行本が三点、文庫が三点。だいたい、一人当たり月一冊というところだ。この辺りは、前の部署と変わらない。

かがく文庫のときと全然違う点もあるが、意外と、共通点も多い。安心と不安の間を行ったり来たりしているうちに、会議は先に進んでいく。

「次、鴨宮さん」

「はい」

最後に呼ばれたのは、朝一番で桐生に話しかけてきた女性社員。セミロングの黒髪にクリッとした目の、鴨宮さんだ。

大丈夫だろうか。朝も思ったが、何だかあの人は、少し幼そうに見える。

シャーペン片手に、桐生が心の隅でそんな心配をしていると、鴨宮さんは開口一番、とんでもないことを口にした。

「須藤先生の文庫書き下ろし『ろくでなし放送部』につきまして、先生から連絡がありました。脱稿の締め切りを二週間ほど延ばしてほしい、とのことです」

とたんにざわつく会議室。桐生も思わず、シャーペンを持つ手にギュッと力が入ってしまった。

「脱稿」というのは、原稿が完成して、著者の手を離れることだ。「脱稿」がなされない限り、どんなにスケジュールが切羽詰まっていても、原稿を印刷会社に渡すわけにはいかない。パスが来ないことにはシュートが打てない、というわけだ。

「これに伴い、『ろくでなし放送部』を七月に刊行するのが難しくなりました」

何人かの眉がピクンと動く。空気が一気に切迫するのを感じ取り、桐生は息を呑んだ。

刊行予定を、次の月に落とす。単行本ではそういうことも許される。だけど、文庫の場合はそうはいかない。

「じゃあ、空いた穴はどうするつもりなんですか？」

曾根崎部長の隣に座った女性社員が、鋭い目つきとともに質問を投げかける。多分、この場のすべての人の疑問を代弁しているだろう。桐生だって、同じことを尋ねたい。

夏木出版の文芸文庫――夏木文庫は、毎月必ず、三点のタイトルを刊行する。多くの書店では、このために棚を空けてくれているし、固定のファンだって少なからず存在する。週刊の漫画雑誌が「今週は間に合わなかったので、刊行しません」などと言うことが許されないように。文庫だって、三点出す予定を急に二点にするわけにはいかない。「穴」を空けてしまうわけにはいかないのだ。

にもかかわらず、締め切りに間に合わない。その作者こそ、本当の「ろくでなし」ではないか。

いったい、どう対処するつもりなのか。文字通り固唾《かたず》を呑んで見守っていると、桐生を含む七人の視線が集まる中、鴨宮さんは平然とした様子で答えた。

「二年と少し前に刊行された『ワケあり病棟産婦人科』を文庫化できるのではないか、と考えています。こちらの資料をご覧ください」

鴨宮さんは、クリアファイルからプリントの束を取り出し、両隣の人に手渡した。一部ずつ取って、さらに隣の人へ。左上をホチキスで留められた、二枚組の資料だった。特定の本の一年間の売り上げが、数字とグラフで表されている。

全員に資料が行き渡ると、鴨宮さんはスラスラと語り出す。今朝、子どもみたいに見えたあの女性とは、まったくの別人みたいに見えた。

仕事になると、ここまで雰囲気が変わるのか。

「一枚目をご覧いただければ分かる通り、『ワケあり病棟産婦人科』の売り上げは、はっきり言って芳しくありません。ですがこれは、カバーデザインが幼く、対象読者層にうまく訴求できなかったことが原因だと考えられます。別のイラストレーターに依頼すれば、改善できるかと。加えて、二枚目をご覧ください」

鴨宮さんがパラリと資料をめくるのに合わせて、全員が次のページを見る。一枚目同様、数字とグラフが並んでいる。

「今年に入って、『医療』をテーマとした本が売れているのが、ひと目でお分かりいただけると思います。そしてご存じの通り『ワケあり病棟産婦人科』のテーマも『医療』。ブームが過ぎ去る前に文庫化しておくべきです」

鴨宮さんがハキハキと言い切ると、机を囲んだ社員たちはみな、一様に頷いた。唯一、曾根崎部長だけは、石像のような顔をしたまま資料を睨み据えているが、別に異論があるわけではないようである。

「なるほどね」

先ほど質問をした、目つきの鋭い女性社員が、納得したようにそうつぶやいた。

おや？

しかし、資料に目を落としていた桐生は、どうしようもない違和感を覚え、軽く顔をしかめる。

どうして、みんな納得しているのだろう。

当然あるべきものが、この資料からは抜け落ちているのに。

「じゃあ、差し替えるということで問題ないな？」

曾根崎部長のドスをきかせた声が、会議室に低く響く。もう一度、みなが首をタテに振った。

指摘するべきだろうか。いや、異動初日だから、もう少し様子を見るべきか……。

「次は新企画について。順番に発表してもらおう」

桐生が迷っている間に、曾根崎部長の掛け声で、会議は次の議題へと進んでいく。「あっ」

と声が漏れる間もなく、また部長の右隣の女性社員が発言を始めてしまった。

桐生は仕方なく、モヤモヤとした思いを胸に残したまま、川に落ちた木の葉のように、ただただ流れに呑まれていった。


その後は、それぞれが事前に考えてきた、新しい本に関するアイディアを出し合った。会議は二時間にも及び、桐生はメモの取りすぎで手が痛くなってしまった。張り切りすぎたか。腱鞘炎《けんしょうえん》にならなければいいけれど。

そのまま真《ま》っ直《す》ぐ五階に戻ろうかと思ったとき、ちょうど目つきの鋭い女性社員——名前はまだ分からないけど、会議で最初に報告をした人——が、桐生の目の前を横切った。少し迷ったが、桐生は思い切って声をかけてみる。

「あの、すみません。ちょっとお尋ねしたいことが」

「ん？　何？」

キャッチセールスにでも声をかけられたような、不機嫌そうな視線が桐生に向けられる。怖そうだが、曾根崎部長よりはマシである。それに、会議での発言を聞く限り、かなり理知的な人のはずだ。

桐生はひるまず、ずっと気になっていた疑問をぶつけた。

「あの、会議での数字の使い方が、少しおかしいと思うんですけど」

彼女の眉間に、キュッと深いしわが寄る。まずい。怒らせてしまう。桐生は急いで、鴨宮さんが配った資料を取り出した。

一枚目はいい。問題は、二枚目のプリントだ。

「鴨宮さんは……。この資料にある峰岸先生と津村先生の著書の売り上げを根拠に、『医療』ブームが起きているって言ってましたけど……」

グラフと数字を順に指し示しながら、桐生は言う。

「これだけだと、数字を比較する方法としては不十分です。なぜなら……」

「あのね、桐生君」

桐生が言葉に熱を込め始めた、まさにそのときだった。女性は桐生の話を遮って、目つきをほんの少しだけ和らげた。驚く桐生に、彼女は語りかける。

「言いたいことは、なんとなく分かる。あなたは理系だから、私たちとは違った見方ができるんだと思う。でも、物事って計算通りにいくとは限らないものでしょ？」

数秒前までの印象とはまるで違う、柔らかい声だった。顔は怖いけど、性格は意外と優しいのかもしれない。

しかし、だからといって納得できる話かというと、決してそんなことはない。

数字の使い方が間違っている。桐生はそう指摘しただけなのに。どうして「物事は計算通りにいかない」などという答えが返ってくるのか。これではまるで、「天気予報のやり方が間違っている」と指摘したら、「天気予報は当たるとは限らない」と返答されたようなものである。受け答えが、まったく嚙《か》み合《あ》っていない。

困惑する桐生に向けて、うっすらとした笑いだけを残し、彼女は踵《きびす》を返した。呼び止めようにも、まだ名前を覚えていないし、そもそも話が通じるかどうかも怪しい。桐生は黙って、彼女の背中を見送るしかなかった。


幸い、文芸編集部での仕事内容には、かがく文庫にいた頃との共通点が多かった。本の企画を著者に提案し、原稿を書いてもらう。イラストレーターやデザイナーと打ち合わせをし、装丁を作り上げる。原稿やイラストといったバラバラの「作品」を、一つの「商品」に仕上げるわけだ。編集の仕事の大枠は、どこに行っても変わらないらしい。

しかし、初日の会議のときに覚えた違和感は、もやもやとした霞《かすみ》となって、桐生の胸の内に残り続けていた。何か、根本的な行き違いがあるような――そんな漠然とした不安が、桐生の心をざわつかせる。

穏やかならざる心境のまま、異動してから丸十日が過ぎた。

「よぉ。なんだか景気の悪い顔してんな」

夜の九時を回った頃だった。文芸編集部のドアを乱暴に開けた嵐田が、桐生の顔を見るなり、
無遠慮にそんなことを言ってきた。桐生は肩をすくめてから、読みかけの校正刷《ゲラ》に付箋を立て

る。どこまで読んだか、忘れてしまうのを防ぐためだ。

嵐田は、桐生の手元を覗き込み、あきれたような声を出した。

「さっそく、こんなに遅くまで残業してんのか」

「慣れてないからね。でも、もう帰るところだよ」

両手を真上に伸ばすと、背中でパキッと音が鳴る。見回すと、文芸編集部の人間は、すでに桐生と鴨宮さんだけだった。

目の奥に鈍い痛みを覚え、桐生は目頭を押さえた。活字を追うこと自体は慣れっこだが、どうしても余計な力が入ってしまう。

桐生は今日、岩石みたいな顔をした曾根崎部長から、単行本にして四百ページほどの校正刷《ゲラ》を受け取った。かがく文庫では、滅多に扱わないほどの分量だ。

――これを読んで、明日、意見を聞かせろ。

分厚いゲラの束に圧倒されている桐生に向かって、曾根崎部長は、軍の上官のような口調で言い放つ。詳しい説明は一切なく、後から何を聞いても「質問は、読んでからにしろ」としか返ってこなかった。どう考えても、読むだけで明日までかかりそうなのに。

とりあえず、もらったゲラを読み進めてはいるものの……中身は昼ドラ顔負けの、ドロドロとした不倫の話。科学と無縁とも言えそうなこの小説に対し、いったい自分は、どんな意見を言えるというのか。さっぱり見当もつかない。使役しすぎた脳みそは、煮すぎた湯豆腐か何かみたいに、今にも崩壊しそうである。

これ以上は、どうも無理なようだ。

あくびを一つして、桐生は机の上を片付け始めた。すると、それを邪魔するかのように、後ろから嵐田がポンと肩を叩いてくる。怪訝に思って、桐生は振り返った。

「なんだよ？」

「まだ帰るのは早いぜ？」心の底から楽しげに、嵐田は言った。「いつものやつ、やるぞ」

頭の重さが、フッと消えるような気がした。嵐田が手にしているのは、プリントで分厚く膨らんだクリアファイル。それだけで、彼が何を言いたいのか、ひと目で分かった。

「よし、やるか」

桐生は迷わず、スクッと立ち上がった。

不思議そうに顔を上げる鴨宮さんを尻目に、二人は先を争って編集部を出る。目指すは、誰もいなくなった会議室。

夜の会議室は、人に聞かれたくない話――早い話が説教――をするのにうってつけの部屋である……と同時に、実はもう一つの顔を持つ。多くの社員が退社して、説教すらも行われなくなる夜九時以降。貸し切り状態となったこの部屋は、時々、桐生と嵐田によって占拠される。

二人は、すべての椅子を壁際に寄せると、ロの字型に並んでいた長机を並べ替え、隙間なく敷き詰めた。まるで、巨大な一つのテーブルのように。

舞台が整うと、嵐田がおもむろにファイルから紙の束を取り出した。こちらに軽く目配せをしてきたので、桐生は何も言わずに頷いた。頷き返した嵐田は、グッと腰を落として構えると……。

いきなり、紙の束を机の上にぶちまけた。

その数、二百枚。巨大なテーブルの上は、大量のプリントアウトに一瞬で埋め尽くされてしまった。

「何度やっても、この瞬間は最高に気持ちいいな」

「だろうね。たまには俺にもやらせてくれよ」

そんな適当なことを言いつつ、桐生は机の上に手を伸ばした。重なり合っているプリントの位置を少しずつずらし、なるべく多くを一望できるように調整する。

二百枚の紙にはそれぞれ、ネット書店の画面が印刷されていた。カバーの画像、タイトル、著者名、出版社、発行年月日、価格、そしてあらすじが、ひと目で分かるようになっている。二百枚すべて、小説だ。

嵐田が、得意気に胸を張る。

「抽出の対象にしたのは、去年の一月から十二月までに出版された小説だ。単行本二百冊」

「助かるよ、本当に」

「いいってことよ。ギブ・アンド・テイクってやつだからな」

ガハハ、と大口を開けて笑う嵐田。桐生は、編集部から持ってきたノートパソコンを開いて、机の隅に置いた。手早く、統計ソフトを立ち上げる。

理系には理系の武器がある、というわけだ。

机に手をついて身を乗り出し、桐生はプリントたちに視線を走らせていく。

中には、日本人なら誰でも聞いたことのあるような、有名な小説もある。伝統ある文学賞の受賞作や、ドラマや映画の原作となったベストセラー作品。だが、今初めて名前を見たような著者の手による、聞いたこともないようなタイトルの作品も、相当数混じっている。

カバーの半分近くをタイトルが埋めているような作品。やたら目が大きい女の子のイラストが目立つ作品。おしゃれな風景写真が、神秘的な雰囲気を醸し出している作品。

「こうして並べてみると、文芸書ってのは千差万別なんだな」

半分くらいの自戒を込めて、桐生はぼやいた。嵐田は、真面目な顔で腕を組んでいる。

ネット書店で「文芸　日本文学」というジャンルを検索すると、去年一年分だけで、単行本約千五百点がヒットする。一日当たり約四冊の小説が、どこかの出版社から出ていると考えて差し支えないだろう。

そして、これだけ刊行されていれば、当然「アタリ」と「ハズレ」が存在する。初版部数を売り切り、増刷までこぎつける「アタリ」の割合は、単行本ではせいぜい一五パーセント程度。十冊出版されれば、アタリは一、二冊というわけだ。年間に直すと、千五百冊のうち二百冊強が「アタリ」に該当する。

　もちろん、重版されているか否か、千五百冊すべてを調べることはできない。だから代わりに、嵐田が持ってきた売上部数のデータを利用するのだ。データを提供してくれるのは、夏木出版と関係の深い有名チェーン「青山書店」。去年一年間で出版された千五百冊のうち、売り上げの上位一五パーセントを「アタリ」と見なすわけだ。

　有名チェーン店で売れている、良書のデータ。それこそが、今、この場に広げられているプリントアウトの正体なのである。

「だけど正直、どうして売れているのかさっぱり分からないのもあるな」

　首を傾げつつ、桐生が口を開く。自分が新参者だからかもしれないが、目の前にあるのが、ヒット作のみを集めたデータ二百枚だとは、にわかには受け入れがたかった。

　まず、表紙からして理解に苦しむ。

　本の表紙というのは、編集者の個人的な趣味で決まる場合も多々ある。担当編集者が、自分の感性に従ってデザイナーやイラストレーターを選び、感性に従って指示をする。流行とか、会社の方針とか、そういうものすら、時には無視される。他の業界の人間にとっては、信じられないことかもしれないけれど。それが、出版界という特殊な世界なのだ。

　だから桐生は、変わった表紙の本だって、かがく文庫のときから見慣れている。そう、見慣れていると思ってたんだけど……。

文芸書の表紙には、もはや「変わっている」を通り越して、珍妙と呼べるものもたくさんあった。人物とか、風景とかなら分かるが……中には、ピカソの絵を切り刻んでデタラメに貼り合わせたような、訳の分からないものも混じっている。こんな表紙の本が売れる理由は、まるで見当もつかない。

「やっぱり、文芸はよく分からないなぁ」

「そう言うなって。根気よく分析すれば、きっと分かるさ」

嵐田は大声でそう言うと、桐生の肩を無遠慮に叩いてきた。けれど、「痛いだろ」と抗議したときには、彼はすでに、身じろぎ一つせずにじっと机に視線を注いでいる。

オンとオフが激しい奴《やつ》だ。桐生も負けじと、すぐに机に向き直る。

二人でしばし、大量の紙とにらめっこ。カチ、コチ、と時計の音が空気を弾《はじ》く。右から左へ、左から右へ。机の上を、二人の視線がひたすら滑る。

「当たり前のことなんだが……」最初に沈黙を破ったのは、嵐田だった。「ミステリーは、やっぱり売れてんな」

「そうだな」

相槌《あいづち》を打ちつつ、桐生は机の上のラインナップを目で追った。ザッと見ただけでも、売れ筋の二百冊の中に、ミステリーが多いのは明らかだった。

もちろん、昨今のミステリーブームについては、門外漢の桐生でも知っている。「殺人×教室」「探偵×執事」「謎解き×カフェ」など、およそ思いつく限りの取り合わせが登場しているように思えるが、ブームの火はまだまだ燃え続けている。「謎」とか「秘密」とか、そういったものに、人は惹《ひ》かれるものなのだ。

それを分かった上で、桐生は言った。

「ミステリーが好調なのは明らかだけど……最初に手をつけるテーマとしては、丁度いいかもな。『ミステリーは、本当に他のジャンルよりも売れているのか』」

神妙な顔をして、嵐田が頷く。桐生はすぐさま、自分のノートパソコンに向き直った。統計ソフトが開かれた画面には、上から下まで細かい文字が並んでいる。

その数、千五百。去年一年間に出版された単行本の、タイトルと売上データである。もちろん、この中には自費出版など、発行部数が極端に少ない本のデータも混ざっている。だから桐生は、主要三十社のみのデータを画面上に呼び出した。すべて、夏木出版のライバルとなり得る会社だ。

カタカタカタ、と音を立て、手元のキーボードを素早く叩く。「ジャンル：ミステリー」に分類されるタイトルがピックアップされ、古い順に画面に並ぶ。その数、四十一種類。

そして、一瞬の後。あらかじめ入力しておいた計算式に従って、計算結果が表示された。

「青山書店での売り上げは……平均三百二冊」

桐生が数字を読み上げると、嵐田は「へぇ」とつぶやいた。

「それで、検定結果は?」

「『$H_1$』。つまり、帰無仮説を棄却」

　画面を見つめたまま、桐生は簡潔に答える。

「そうだろうな」

　予想通りの結果に、嵐田の反応も薄かった。言ってみれば、これはウォーミングアップみたいなもの。これくらいはサクッと分析できなければ、先が思いやられるというものだ。

　ちなみに「帰無仮説」というのは、「両者の間に差異は存在しない」という仮説のこと。つまり今回の場合は、「ミステリーと他のジャンルとの間に、売り上げの差異はない」というのが「帰無仮説」だ。

　それが棄却されたということは——逆に、「ミステリーは、他のジャンルよりも売れている」という仮説が正しいことになる。

「何となく売れてそう」ではなく、「統計的に売れているかどうか」。統計ソフトを用いて、それを計算で確かめるわけである。そうして、最終的には「今、どんな本を出せば売れるのか」をあぶり出していく。

　桐生と嵐田は数学科出身だが、一般教養の授業で、理系の知識は幅広く学んだ。統計だって、そこそこ詳しい。そんな二人だからこそ、この分析作業に行き着いた。今から一年ほど前のことだ。

もちろん、以前は「かがく文庫」のライバルになりそうな、実用書や雑学本を分析することが多かった。分析結果を、桐生は本作りに活かす。嵐田は、営業トークの材料とする。ギブ・アンド・テイク。

「……青春小説も、多そうに見えるな」

嵐田がそう言うと、桐生がキーボードを叩く。すぐさま表示される計算結果を、桐生は淡々と読み上げる。

「今度は『$H_0$』。帰無仮説を採択」

「そうか」

残念そうに、嵐田が答えた。そして再び、二百枚の情報の海へと意識を沈める。

ひたすら、その繰り返し。

目の前にあるのは、大量の情報だ。両手からこぼれ落ちるほどの、無数の宝玉だ。情報は何よりも価値がある。しかし、その価値の分からない人間が手にしても、それは石ころ同然になり下がる。

河原にある膨大な量の砂の中から、ひと握りの砂金を取り出すように。慎重に、目の前のプリントに目を通し、吟味していく。頭が沸騰しそうになるほどの、集中力を要する作業だった。

もちろん、深夜までかけて何らかの「偏り」を見つけられることもあれば、見つけられないこともある。長い残業時間の、すべてが無駄に終わることだってある。

だけど桐生は、この淡々とした作業がけっこう好きだ。これはまさしく、宝探し。何度、徒労に終わろうとも、「次」に可能性がある限り、懲りずに前進してしまう。

「タイトルが長いのが多いな。タイトルが長いと売れるのか？」

「長いって、何文字以上だったら長いんだ？」

そんなふうに言葉を返して、パソコンの前で桐生は苦笑する。同時に、目の奥に鈍い痛みを感じて、口元を歪めた。嵐田の表情が、とたんに曇る。

「何だ？　やっぱり疲れてんのか？」

「どうやら、そうみたいだ」

痛みを追い出すように、頭を軽く振ってから、桐生は答えた。壁の時計は、いつの間にか十一時近くを指している。だが、長時間労働ばかりが原因かというと、きっとそんなことはないだろう。

「やっぱり、慣れない環境のせいか？」

「ああ」

短く答えて、ため息を一つ吐く。この鈍感そうな男にも見透かされているなら、どうやら自分で感じている以上に、疲れは溜《た》まっているらしい。それも多分、精神面で。

「時々、話が嚙み合わないことがあるんだ」

力ない声で、桐生は言った。嵐田は黙って、太い眉の下の目をじっとこちらに向けている。

「数字っていうのは、本来、それを分析してより良い本を作るためのものだと思うんだけど……。どうも、この部署では違うみたいなんだ」

「どう違うんだ？」

探るような声で、嵐田が聞き返してきた。桐生はちょっと考え込んでから、慎重に言葉を選びながら言う。

「商品の質を上げたり、ヒットを出したりするためじゃなくて、上司を納得させるためとか、会議で見映えがいいようにとか……。そういう『見せかけ』のために数字を使っているんだ。どの人も恣意《しい》的に、自分に都合のいい売り上げだけに注目して、本質を見失ってる。『分析』とはほど遠いよ」

嵐田は、何も言ってはこなかった。空調の音が、洞窟の奥から聞こえる風の音みたいに、低く、静かに続いている。

理系だからとか、文系だからとか、そんなことは関係ない。数字に対して不誠実である態度を、桐生は許すことができない。しかし同時に、彼はこの部署では、あくまで一人の新人に過ぎない。生意気に意見して良いものか。桐生は、迷っていた。

机の上に散乱した紙を、そっとなでる。そこにある膨大で、貴重なデータたちを、心から慈しむように。

そのときだった。

不意に、会議室のドアが小さな音を立てた。驚いて、桐生と嵐田は同時にそちらを振り返る。あまりに予想外だったので、心臓が喉から飛び出すかと思った。

時刻は夜の十一時。深夜とも言えるこの時間に、いったい誰が……。

「あれ、まだ残ってらしたんですか？」

元々クリッとしている目を、さらに丸くして立っていたのは――文芸編集部の鴨宮さんだった。

幽霊の類《たぐい》ではないと分かって、二人はひとまず胸をなでおろす。嵐田が、何やら妙に明るい声で言った。

「カモちゃんこそ、遅くまでお疲れ様」

カモちゃん？

嵐田の口から発せられた、顔に似合わぬ猫なで声に、桐生は気味が悪くて身震いする。しかし、当の鴨宮さんは、特に気にしている様子はない。きれいな瞳を机の上に向け、とたんにその場で、ギョッと立ちすくむ。

「これ……何してるんですか？」

まあ、当然の反応だろう。

「ちょっと、売り上げの分析をね」

ごく大雑把に、桐生はそう説明した。鴨宮さんは、分かったような分からないような、曖昧な表情で首を傾げる。いや、多分、分かってないのだろう。

「でも、もうこんな時間ですよ？　お疲れじゃないんですか？」

「疲れているさ。だけど、読者にとっては編集者の状況なんて関係ない。疲れているから本のクオリティが落ちてもいい、なんてことにはならないんだ。だったら、言い訳なんてできないよ」

半ば強引に笑顔を作り、桐生は言った。実際のところ、本当に笑って見えているかは怪しいところである。そして嵐田はというと、「俺は編集者じゃないけどな」などと、見当違いなセリフを吐いている。

鴨宮さんは、しばしの間キョトンとしていたが、やがてフッと表情を和らげた。

「先輩は、不思議な方ですね」

どう反応すればいいのか迷って、桐生は結局、「『先輩』はよしてくれ」という、訳の分からない言葉を返した。楽しそうに笑う鴨宮さん。ニヤニヤ笑う嵐田。彼のことは、一度シメておいた方がいいかもしれない。

そう思って、不満の色を含んだ視線を嵐田に向けていると、鴨宮さんがふと、急に何かを思い出したように笑うのをやめた。不審に思って、桐生は眉をひそめる。

次の瞬間、反射的に身が引き締まった。視界に入ってきたのは、かわいらしい年下の女性の顔ではなくて……隙のない、やり手編集者の顔だった。

「立花さんから聞いたんですけど」

先ほどとは打って変わった真面目な表情で、彼女は言う。

「あたしのプレゼン、どこが間違ってたんですか？」

申し合わせたわけではないのに、桐生と嵐田は同時に顔を見合わせる。嵐田にアゴをクイッとしゃくられてから、桐生はようやく思い当たった。

初日の会議。鴨宮さんが刊行予定の変更を提案した、あの発言のことだ。ちなみに立花さんというのは、例の目つきが鋭いけれど意外と優しい女性である。

桐生が間違いを指摘したという話が、鴨宮さんの耳にも届いたわけか。

桐生は、もう一度嵐田の方を盗み見る。自称「頼れる営業部員」であるはずのこの男、我関せず、といった表情で、斜め上あたりに目を向けている。その方向には蛍光灯しかないはずだが。

桐生は、ゆっくりと鴨宮さんに向き直った。仕方がない。聞かれたからには、答えなくてはならないだろう。

「基本中の基本が、すっぽり抜け落ちているんだ。そもそも、前提が揃っていない」

「前提？」

聞き返してくる鴨宮さん。桐生はすぐさま、ノートパソコンを操作した。「青山書店」のデータバンクにアクセスし、書名を入力して検索する。

直後、画面に映し出されたのは、会議で鴨宮さんが配った資料と、まったく同一の表とグラフだった。峰岸先生の『命の木』と、津村先生の『午前四時のナースコール』。ともに、医療現場を描いた小説である。

「鴨宮さんはこれを見て、『医療』をテーマにした小説が売れていると判断した。そうだね？」

「ええ、そうです」

桐生の横から画面を覗き、鴨宮さんが答える。

画面に映ったグラフを見ると、『命の木』も『午前四時のナースコール』も、最近の半年間の売り上げが特に伸びていた。一見すると、「医療小説ブーム」の小さな波が到来しているようにも思えるわけだ。

そう、一見すると。

「具体的に、この数字を何と比べたの？」

なるべく、嫌味っぽく聞こえないように。注意しながら、桐生は尋ねた。鴨宮さんの表情が、かすかに翳《かげ》る。

「何とって……これだけ売り上げが大きいんだから、わざわざ比べるまでもないじゃないですか」

「ところが、そういうわけでもないんだ」

桐生は再び、カタカタとパソコンを操作する。別のウィンドウを表示して、新たなグラフを画面に呼び出した。

「見てみなよ。これは、峰岸先生の別の著書の売り上げだ」

そう言うと桐生は、鴨宮さんが見やすいように、パソコンから一歩遠ざかった。

鴨宮さんの資料に載っていた二人のうち一人、峰岸先生。今、映し出されているグラフは、その人が「医療」の小説とほぼ同時期に刊行した、別の小説のデータだった。こちらのテーマは「医療」ではない。

鴨宮さんは、しばらくは前かがみになってパソコン画面を見つめていた。だがやがて、信じがたい、とでも言いたげな表情で、ポツリと口にした。

「『命の木』と、売り上げの伸び方がほとんど変わらない……？」

彼女の声が、広い会議室に波紋のように広がっていく。鴨宮さんの後ろに立つ嵐田が、うんうん、と訳知り顔で頷く。彼のことは無視して、桐生は淡々と告げる。

「俺も、この先生については少し調べた。そうしたら、半年くらい前にテレビのドキュメンタリー番組に出演していることが分かった。その影響で、すべての著書が軒並み、売り上げを伸ばしたんだ。『医療ブーム』が原因だったわけじゃないんだよ」

鴨宮さんが、ゆっくりとこちらを振り返る。口元をキュッと引き結んだ、真剣な表情だった。

「二つの物事を比べるときは、比べたい項目以外のすべての前提条件を揃《そろ》えなければならない」

桐生の、迷いのない声が続く。

「たとえば、二つの動物園のどちらが人気かを比べようとするね？　そういうときに、一方の動物園は晴れの日にお客さんを数えて、他方では雨の日に数えたら、どうなると思う？」

「そんなの不公平です。晴れの日の方が、人が来るに決まってます」

即答する鴨宮さん。そして、自分で自分の言葉を聞いて、何かに気付いたようだった。ハッと、彼女は口元を押さえる。

「前提を揃えるというのは、つまりはそういうことなんだ」

微笑みを浮かべて、桐生は言った。

「だから、津村先生の著書と峰岸先生の著書を並べたって、何の比較にもならないんだ。やるんだったら、同一の著者が、ほとんど同時期に出した二つの小説を比べなきゃ。今、俺がやったみたいにね」

そこで桐生は、ひと呼吸を置いた。こうして言葉にすると、ごくごく当たり前のことに思える。けれど、そんな当たり前のことさえも、文芸編集部では無視されてしまっている。

鴨宮さんは、視線を床に落としただけで、口を開く様子はない。嵐田までも、沈黙の中にたたずんで、静かな呼吸を繰り返している。壁の時計が時を刻む音だけが、カチコチカチコチ、聞こえてくる。

重たく沈もうとする空気を、振り払うように。桐生は、少し明るめの声を出した。

「理屈っぽくて、面倒な話に聞こえるかな?」

「いえ、そんなことありません」慌てたように、鴨宮さんは顔の前で手を振った。「ただ、今まで、そんなふうに考えたことがなかったから……」

そう付け加えた彼女の表情は、いくぶん、柔らかさを帯びていた。できるビジネスパーソンから、普通の年下女性に戻ってしまったようだ。

「ありがとうございます。勉強になります」

彼女はそう言うと、いきなりぺこっと頭を下げた。桐生と嵐田が面食らい、何の反応もできずにいると、顔を上げてニコッと笑う。

そして今度は机の上を指し示し、丁寧な口調でこう言った。

「それから……もしよろしければ、ここで何をしているかについても、詳しく教えていただけますか?」

何をしているか、って……。ちょっと視線を泳がせてから、思い直して、桐生は表情を引き締めた。

別に、後ろめたいことをしているわけではない。教えてくれと言われて、隠す理由も見当たらない。

「統計的仮説検定」

一音一音をはっきりと聞き取れるよう、桐生はゆっくりと言った。それでも、鴨宮さんはポカンと口を開けてしまう。頭上に大きなクエスチョンマークが見えるような気さえした。

「そうだな、簡単に言うと……」

無造作に広げられたプリントたちを一瞥《いちべつ》してから、桐生は言った。

「ここに、売り上げが良かった小説、二百冊のデータが広げてある。こいつを眺めて、売れている本の特徴を探ろうってわけさ」

我ながら、非常に大雑把な説明である。だけど、おかげで鴨宮さんも、大雑把には理解してくれたようだ。「ふぅん」と小さくつぶやいたかと思うと、今度は桐生のノートパソコンに目を留める。

「それは？」

「統計ソフトだよ」

パソコンを鴨宮さんの方に向けてから、桐生は言った。上から下まで数字で埋め尽くされた画面を見て、鴨宮さんが「うっ」とうめく。

それを見て、嵐田がおかしそうに大声で笑った。

「そう構える必要はねぇよ、カモちゃん。たとえば、机の上の二百冊を見て、『ミステリー小説が売れていそうだ』って仮説を立てるとするわな。で、その仮説が本当に正しいかどうか、今度はもっとたくさんのデータで検証するわけよ。具体的には、去年一年間に出た単行本、千五百冊。それが、このアリみてぇに小さい数字の正体ってわけだ」

「そうそう。それで本当に仮説が正しいなら、小説全体の売上平均よりも、ミステリー小説の売上平均の方が大きくなるはずだろ？　つまり、仮説が正しいかどうか統計的に検定するんだ。それが、統計的仮説検定」

　嵐田の言葉を引き継ぐ形で、桐生は説明する。鴨宮さんは、しばらく黙って考えた後、やがて、小さく頷いてみせる。どうやら、なんとなく分かってくれたらしい。

　桐生はパソコンを操作して、先ほどの計算結果を画面に呼び出した。

「実際、さっき検定してみたら、小説全体の売上平均が二百三十四冊なのに対して、ミステリー小説の売上平均は三百二冊だったよ」

「ミステリー、流行ってますもんね」

　納得したように、鴨宮さんは言った。けれど、すぐに「あれ？」とつぶやくと、また難しそうに眉をひそめる。

「でも、桐生先輩って数学科出身ですよね？　数学科って、統計も勉強するんですか？」

「さすがに、俺の専門分野ではないよ。けど、数学と統計学は親戚みたいなものだから、どっちも得意なんだ」

「へぇ」

「ついでに言うと、俺も数学科だ。桐生と同じゼミ」

　自分の顔を指差して、嵐田が間に割り込んでくる。桐生は露骨に嫌な顔をし、鴨宮さんはただ静かに微笑みを浮かべた。すでに知っていたのか、それとも単にどうでも良かっただけか。多分、後者なのだろうと、桐生は勝手に考えた。

「けど、なんだか、やけにアナログなやり方なんですね」

そう言って鴨宮さんは、ちょっとあきれたような顔を机に向け、何枚かのプリントを拾い上げた。パサパサと、紙と紙のこすれる音がする。

嵐田の豪放な笑いが、会議室に大きく響いた。

「さすがに手厳しいな、カモちゃん。その通りだ。今は二十一世紀だってぇのに、やり方は前時代的に見えるよな。でもよ、二百の画面を同時に表示できるパソコンがあるなら、デジタルなままでも分析できるが、そういうわけにもいかないだろ？」

やけに大きな嵐田の声に、律儀に耳を傾ける鴨宮さん。その表情は編集者というより、真剣にノートを取る女子大生の顔にも見えてくる。

「だいたい、出版社の仕事なんて、どれもこれもが前時代的だ」

「そうかもしれませんね」

嵐田の言葉を聞いて、鴨宮さんはおかしそうに笑った。横で桐生も、黙って頷く。

この男の言う通りだ。出版社の風習とか、しきたりというのは、大いに前時代的である。

たとえば、執筆依頼。現代のビジネスにあるまじきことだが、なんと、そのほとんどが口約束だ。もちろん、契約書というものも、あるにはある。けれど、出版された後になって、取ってつけたように交わすだけ。本が出た後になって、「この本を入稿後六か月以内に出版する」などという約束をするわけだ。

特例ではない。それがスタンダードなやり方である。

だから、トラブルだって後を絶たない。著者がへそを曲げれば、約束なんて簡単に反故《ほご》にされる。逆に、著者の書いた原稿が気に食わなければ、出版社側が突っぱねることだってあり得る。二十一世紀にもなって、そんなことが平気でまかり通っているのが、出版業界なのだ。

そんな前時代的な世界だから――アナログなやり方で統計分析をしたって、バチは当たるまい。

「それに、やってみると案外、前時代もいいもんだぜ？　デジタルな情報だけだと、見逃しかねないこともあるしな」

腹が立つほど得意気な顔で、嵐田は続ける。

「『ミステリー小説』とか『青春小説』とかだったら、最初から区分けされているから、機械的に計算できる。けどさ、たとえば『表紙の雰囲気が明るい小説』とかは、そうはいかないだろ？　データ上で分類しようがない」

「そういうときは、どうするんですか？」

「簡単だ。一つひとつ数えてやればいい」

そう言うと、嵐田は桐生をグイッと押しやり、パソコンの前に腰を据えた。ネットに接続して、何やら検索していたかと思ったら、「ほら、これこれ」と画面を指差す。覗いてみると、小説の表紙画像がズラリと並んでいた。

「一、二、三……」

「あ、実際にやらなくてもいいですよっ」

いきなり数え上げを始めた嵐田を、慌てた様子で、鴨宮さんが止めた。迅速な対応に、桐生は心から感謝する。千五百冊のうち、表紙が明るい小説が何冊あるかは知らないが、早く止めておかねば非常に面倒くさい。

嵐田はばつが悪そうに、パソコンの前を再び桐生に譲った。

「とにかく、こうやって分析した結果を、嵐田も俺も、仕事に活かそうとしてるんだ。分かってくれた?」

「はい、なんとなく」

桐生が話をまとめると、鴨宮さんはコクリと控えめに頷く。ザッと説明しただけなのだから、「なんとなく」でも分かってもらえたなら、良しとしなければならないだろう。

「統計かぁ……」

歌うような声でそうつぶやくと、彼女は近くにあったプリントをそっとなでた。人の家の犬をなでるときのような、ちょっと遠慮がちな仕草だった。それから、ふと何かに気付いたように、視線をパソコンに戻す。

無数に並んだ数字をじっと見つめ、彼女は口を開いた。

「でも、雑誌の記事とかにあるデータって、なんとなく胡散臭《うさんくさ》く感じるんですよね。たとえば、『毎朝ジョギングをする人の平均年収はいくらいくら』とか書かれても。本当かなぁ、って思っちゃいます」

雑誌の記事……。

言われて、すぐにはピンとこなかったが、数秒してからようやく思い当たった。週刊誌によくあるような、あの円グラフとか棒グラフとかのことを言っているのだろう。

なるほど。あれが普通の人にとっての、「統計」のイメージというわけか。

「ほら、解説してやれよ」

ニヤニヤとした顔で、嵐田が促してくる。

言われなくても、そのつもりだ。

「当たり前だよ。だって、雑誌とかによく出ている数字は、厳密には統計とは呼べないものだからね」

「えっ?」

鴨宮さんが、素っ頓狂な声を上げる。それが恥ずかしかったのか、ちょっと顔を赤らめてから、軽く咳払《せきばら》い。

「どうしてですか?　あれだって、アンケート結果に基づいているんですよ?」

熱心な女子大生が、質問をぶつけるときのような口調だった。こうなると、桐生もちょっとした講師の気分である。

「たとえば、アンケートでは、ジョギングをする人の方が、しない人よりも年収が二十万円高かったとするよね？」

目の前の女子大生もどきに向かって、桐生は問いかける。

「そういうの、どう思う？」

「えっ？　どうって？」

面食らったように、彼女は目を白黒させる。辛抱強く、桐生は言葉を替えた。

「どうして胡散臭いんだと思う？」

「どうして……？」

そう繰り返して、鴨宮さんは黙り込んでしまった。いざ理由を聞かれると、なかなか答えられないものらしい。

少し、考える時間をあげた方がいいか。

「難しく考えんなって。二十万円くらいだったら、誤差かもしれないだろ？」

無遠慮な大声で、嵐田が言った。せっかく、鴨宮さんが口を開くのを待っていたというのに。

コイツは、少しは空気を読むことを覚えた方がいい。

「そう、嵐田の言う通りだ」

気を取り直して、桐生は説明を再開する。

「本当は、ジョギングする人の方が年収が低いのに、このアンケートだけ、た、ま、た、ま、逆の結果になってしまったのかもしれない。これだけの情報じゃあ、何も分からないんだ」

桐生は話を区切って、鴨宮さんを見やった。彼女は真剣な目つきで、次の言葉を待っているようだった。桐生は舌で唇を湿らせ、言葉を続ける。

「それに、さっきのミステリー小説の例だってそう。小説全体よりも売上平均が六十八冊大きかったけど……それだけなら、誤差の範囲かもしれないんだ」

「じゃあ、やっぱりアテにならないんじゃないですか」

「そんなことはない。その胡散臭さを排除するために、数学や統計学があるんだ」

ニヤリと笑って、桐生は断言する。押し黙る鴨宮さん。正直、あまり分かっていないようだった。形の良い眉の間に、難しそうにしわを寄せている。

桐生は、胸ポケットからボールペンを取り出して、散らばっているプリントの一枚をひっくり返した。

「収入の例で考えよう」

口を動かしながら、ボールペンを走らせる。少し歪んだ文字が、プリントの裏に勢いよく並んでいった。大学の頃に暗記した、「信頼区間」を求める公式だった。

$$P\left(-1.96 \leq \frac{\overline{X}-\mu}{\sqrt{\sigma^2/n}} \leq 1.96\right) = 0.95$$

「これを計算して、答えが『$P(5{,}000{,}000 \leq \mu \leq 5{,}100{,}000) = 0.95$』って出たとするよね？　それはすなわち、『平均値が五百万円から五百十万円の間にある可能性が、九五パーセント』って意味なんだ」

　手書きの式を見せながら、桐生は解説する。

「つまり、『ジョギングする人の平均年収は、九五パーセントの確率で、五百万から五百十万までの間にある』ってこと」

　なるべく分かりやすいように、ゆっくりとした口調を意識した。それでも、まだスッキリしないようで、鴨宮さんは軽く首を傾げる。

「なんだか、曖昧な言い方ですね」

「その代わり、信頼できる。こうして算出した答えには、胡散臭さが入り込む余地はないんだ。誤差まで含み込んで計算できるから」

　そう言うと、鴨宮さんはようやく少し納得したようだった。プリントの裏に書かれた公式に、じっと目を落とす。

「でも、こんな式が雑誌に載っていたって、誰も理解できませんね」

「そうだね」

そう答えて、桐生は苦笑した。もしもそんな雑誌があったとしても、読者不在であっという間に廃刊だろう。

けれど……。

「けれど、たとえ理解できないとしても、知っておいて損はないよ。マスコミが一般人向けに出しているデータには、実は、ほとんど意味なんてないんだ。むしろ、数字を見せる側の意図によって、いくらでも歪められてしまう」

桐生は語る。自分の学んだ学問の意義と、その尊さを。

自然と、声に力が入った。

「そういう意図が介入する前の情報を手に入れるには、正しいやり方で統計学を利用するしかない。統計学は、誰にも歪められていない、真実を教えてくれるんだ」

口から出る言葉にこもった熱に、桐生は自分で驚いてしまった。文芸編集部に来てから、散々、周囲との摩擦を感じていたから、その反動だろうか。

突然、暑苦しい演説を聞かされた鴨宮さんは、ただ目を丸くして、反応に困っているようだった。

「カモちゃん、ビックリしただろ?」

太い腕を胸の前で組んで、嵐田が得意気に言う。そうだ、今の今まで存在を忘れていたが、コイツもいたんだった。

「だけどな、理系ってのは、こういう人種なんだよ。真実以外にはキョーミがない。ただ純粋に、ひたすら追い求めてんだ」

ずいぶんと偉そうな言い方だが、的を射ている気はする。理系の人間は、何よりも真実を愛している。

たとえば、純粋な理系人間であるほど、歯切れが悪い。それは、ペラペラとしゃべって、間違ったことを口走るのを避けるため。ビジネスの場では、あまり歓迎されない性質。実際に桐生も、昔はたびたび、「簡潔に、はっきりと言え」と注意されたものである。

「なんだか、別の世界に来たみたいです。同じ会社の社員なのに」

ハァ、と息を吐いて、鴨宮さんが言う。

彼女はたしか、文学部出身だったはず。純粋な文系である自分自身との思考回路の違いに、戸惑っているようにも見えた。

「もしかして……夏木出版以外では、こういうマーケティングも普通のことなんでしょうか？あたしが無知なだけ？」

「まさか。こんなもん、全部自己流だよ。俺と桐生とで考えたやり方だ」

嵐田が答えると、鴨宮さんはまた目を丸くした。

当然だ。これだけ偉そうに説明しておいて、最後は「自己流」というオチである。時間を返せ、と文句を言われても仕方がない。

「カモちゃんだって分かるだろ？　出版社の人間は、データよりも自分の勘を頼りにする人種ばかり。こういうデータ解析の前例がないから、誰にも倣《なら》えないわけよ」

嵐田の声が、空気を震わせる。胸を張れるようなことではないのに、なぜか彼は堂々としている。

そうだ。胸を張れることではない。心の中で、桐生はそっとつぶやいた。

もっと時間があれば。もっと人手があれば。もっと知識があれば。そんな不満が喉元からせり上がってきたことは、一度や二度ではなかった。

結局、今ある手札でやりくりする以外、桐生たちに道はない。これがベストな方法だとは、口が裂けても言えなかった。

しかし……。

「感心半分、あきれ半分です」

少し顔をうつむけていた桐生に向かって、鴨宮さんは笑って言った。

「でも、こんなふうに真正面から数字と向き合えるなんて、ちょっと羨ましくもあります。あたしみたいな文系には、絶対にできないことなので」

意外な反応に、桐生は返事に窮してしまった。隣で嵐田も、驚いたように眉を上げている。

思えば、文芸編集部に来て、初めて理解を得られた瞬間だった。

絶対にできないこと。

その言葉が、池にポチャンと波紋を作るように、なぜか桐生の心を揺らしていた。

鴨宮さんは、そのまましばらく、机いっぱいに広げられたプリントたちを、しみじみと眺めていた。が、ハッと何かに気付いて顔を上げると、裏返った声を上げる。

「あ、もうこんな時間！　早く帰らないと」

桐生と嵐田も、とっさに彼女の視線を追う。

時計はすでに、深夜十二時を回っていた。

「本当にありがとうございます。また、質問に来ますね」

彼女は慌てた調子でそう言うと、一度、深々と頭を下げた。それからクルリと踵を返し、コンコンコン、と足音を立てて会議室を駆け出て行った。後に残されたのは、ポカンと口を開けた桐生と、あきれたように頭をかく嵐田。

そしてなぜか、摑みどころのない妙な懐かしさが、残り香のように胸を満たしていた。

「説明に時間取られちまったな。俺たちも帰り支度しねぇと」大口を開けてあくびをしてから、嵐田はそう切り出した。「さすがにタクシーは勘弁だ。終電で帰りてぇ」

彼は、長い両腕を広げてプリントをかき集める。桐生もそれを手伝い始めたが、手はすぐに止まってしまった。

「どうかしたか？」

嵐田の問いかけにも答えず、桐生はただ、静かな会議室の底で、深い思考に沈んでいく。

「文芸」という未知の荒海を進むのに、理系の船頭で大丈夫だろうか。今までと同じやり方では、まともに漕《こ》ぎ出《だ》すことさえかなわないのではないか。

異動した初日から、不安は常に、亡霊みたいに付きまとっていた。進むべき方向を見失いかけ、足がすくむこともあった。

――あたしみたいな文系には、絶対にできないことなので。

けれど、人と違うからこそ生まれる可能性だって、たしかに存在する。

「おい、桐生……」

「嵐田、お前はできると思うか？」

怪訝そうな嵐田の声を遮って、桐生は低く問いかける。目の前の友に、そして、自分自身の胸に向かって。

「この理系的思考で、文系の奴らに負けない本を、作れると思うか？　『傑作』として世に残るような名作を、プロデュースできると思うか？」

急にこんなことを言われたりすれば、普通だったら、反応に困ってしまうだろう。あるいは、いきなりどうした、とか言って、適当に聞き流してしまうだろう。

そう、普通だったら。

しかし、桐生と嵐田の仲は、あいにく、普通とは少し違っている。

「できるさ」

大男は、真面目な声でそう答えた。まったく迷いのない響きだった。

「そうかな」

「ああ。俺とお前なら、きっとできる」

力強い声。その言葉を、桐生は待っていた。

「そうだな。俺だけじゃダメだ。営業であるお前の力も必要なんだ」

偽りなき言葉を、桐生も返した。蛍光灯の光が、嵐田の顔の彫りをさらに深く見せている。

今日と明日の狭間《はざま》を刻む針の音が、二人の間を流れている。

「あらたまりやがって。今までだって、ずっとそうしてきたじゃねぇか」

笑い飛ばすような口調で、嵐田は言った。

「編集が作ったものを、営業が売る。どちらが欠けても、出版業ってのは成り立たねぇんだ。俺らはいわば、一蓮托生《いちれんたくしょう》。協力しないはずがねぇ」

その言葉は、どんな映画のヒーローのセリフよりも、桐生にとっては頼もしく響いた。大学からの腐れ縁にも、今は、素直に感謝できる。

馴《な》れ合《あ》うだけのお友だちではない。かといって、仕事だけの表面的な間柄でもない。同じ目的に向かって力を合わせて邁進《まいしん》する。言ってみれば、同盟。

「一緒にさ、出そうぜ。ベストセラー」

静かに、それでいて力強い意志を伴って、桐生は言った。けれど嵐田は、それさえあっさりと一笑に付してしまう。

「ベストセラー？　よせよせ、そんなちゃちな目標は」

嵐田の言葉に、桐生は一瞬、耳を疑う。ベストセラーと呼ばれるのは、十万部を超えるヒット商品。出版不況のこの時代、決して「ちゃちな目標」ではないはずだけど……。

「ミリオンセラーだ」

大きな口で、ニカッと笑って。嵐田は、サラッととんでもないことを言ってのける。

「文芸の歴史に、名を残してやろうぜ」

無茶だ。無謀だ。無理だ。

そんな言葉が現れて、すぐに、音を立てて弾けた。後に残ったのは、もっとシンプルで、根源的な気持ちだけ。

面白い。

心の底から、桐生はそう思った。

「理系文芸同盟、結成だな」

桐生の声が、朗々と会議室に響き渡り、余韻とともに空気の中に溶けていく。嵐田は、楽しそうな笑みでそれに応える。

誰も彼もが寝静まろうとしている頃に。

冷たい東京の隅っこで。

何かが、人知れず始まろうとしていた。

「何だよ、理系文芸同盟、って。センスねぇぞ」

「うるさいな、いいだろ。思いつきで言ったんだから」

ぶっきらぼうに答えると、桐生はそっと、目を泳がせた。

## 2　編集者の本音と建前

石像と一緒にテーブルを囲んだことは、今までに一度もない。これはおそらく、一生に一度の体験だろう。

背筋をピンと伸ばして椅子に腰掛け、桐生は汗がひと筋、頬を伝うのを感じた。

正面には、初めて会う作家の先生。ただでさえ強面《こわもて》なのに、その上からさらに深いしわを刻んで、仁王様か何かみたいな顔をしている。隣には、曾根崎部長。先生がいる手前、表面的には笑顔を取り繕ってはいるが、頬の筋肉は先ほどから硬直したまま動かない。

まるで二体の石像のように、二人は表情を変えぬまま、ひたすら黙っている。お冷を注《つ》ぎに来たらしいウェイターさんも、危険を察知した草食動物のように、何もすることなくサッと回れ右してしまった。

こういう空気になった原因は、分かっている。

分かってはいるのだが、あまりにも理不尽だ。

「非常に遺憾だ」

石像のうち一体——強面の作家先生が、罪状でも告げるみたいに、厳《おごそ》かに切り出した。

「こんな人間を寄越すとは、夏木出版は私をバカにしてるのか？」

桐生は助けを求めるように、隣の部長を横目で見る。だがあいにく、そこに座っているのは二体目の石像。相も変わらず、引きつった笑顔のまま固まっている。

「話していて、どうも基礎的な教養が足りないようだとは思っていたが……。大学の学科は数学科だと？」

石像先生は、鋭い両目をこちらに向けてそう言うと、口をへの字に歪めた。嫌悪感を隠そうともしない態度。桐生はさすがに、反論を試みるべく口を開いた。

「はい、たしかに文系ではなく理系です。しかし、先ほども申し上げたように、私は数学的な思考力を活かして、他の編集者にはない視点を提供できると……」

「いや、それ以上しゃべらんでいい」

不意に、隣に座っていた石像——曾根崎部長の手が目の前に伸び、桐生は言葉を遮られてしまった。穏やかそうな口調に、柔らかそうな表情。だが、桐生に向けられた両目は、冷たく射《い》貫《ぬ》くような光を宿していた。

笑顔を作家先生に向け直し、部長は言う。

「先生。コイツはたしかに理系出身で、文芸については勉強中の身です。でも今日は特に、有名作家さんの前だからって、緊張しているんですよ。普段は頭がキレる奴なので、ここはどうか……」

「帰りたまえ」

部長の言葉の途中で、先生はぴしゃりと言った。たじろぐ編集者二人に向かって、鼻先で戸を閉めるような勢いで言い放つ。

「文芸の『ブ』の字も知らない阿呆《あほう》の戯言《たわごと》は聞きたくない」

＊

桐生が文芸編集部に来て、すでに一か月が経っていた。

部署の雰囲気にもある程度慣れ、今では誰かが数字の使い方を間違えていても、突っ込みを入れるのは心の中だけにとどめている。食ってかかっても、厄介がられるのがオチなのだから。

しかし当然、事が自分自身に関するとなると、簡単に道を譲るわけにもいかなくなる。その日の会議だって、そうだった。

「そんな数字ばっかり並べられてもな」

上席にあたる位置にどっかりと腰かけ、曾根崎部長は眉間にしわを寄せて言った。編集部の他のメンバーは固唾を呑んで、部長と桐生の間に張られた、見えない緊張の糸を見守っている。

曾根崎部長は、これ見よがしにため息を吐いて、あきれたように言った。

「企画の発表ってのは、いわばプレゼンだ。お前の考えた企画は、読者にとってどこがどう魅力的なのか。それをアピールしてくれなければ、話にならん」

「ですから、具体的な分析結果とともに提示しているのですが」

「分かってないな」

桐生の言葉を、ハエか何かを叩き落とすみたいに、ぞんざいに否定する。

「数字を見せて、ハイおしまい、じゃあ誰も説得できないんだ。俺たちは機械ではなく、人間なのだから。もっと感情に訴える、お前の言葉で語ってみせろ」

「はあ……」

煮え切らない返事をすると、部長は額のしわを深くする。机を囲む他の六人は、きっとハラハラしていることだろう。

やめときゃいいのに。頭の上から、弱い自分の声が降って来る。うるさい、と心の中から一喝するのは、また別の自分。

俺たちにしかできないやり方。それをやろうってのが、理系文芸同盟だろう？

もっともである。もっともであるのだが、それをやるには、まず目の前の鬼部長を納得させなければ先に進まない。

本作りは、最初に誰かが「企画」を考えなければ始まらない。誰に、どんな小説を書いてもらうか。料理人に注文を出さなければ、料理は決して完成しないように。企画がなければ、本は出来あがらない。

頼む相手は、イタリアンシェフか、中華料理人か、それとも板前か。メインは肉か、魚か、はたまた野菜か。

すべての本作りは、企画から始まる。そして、その企画の良《よ》し悪《あ》しを判断する場が、この編集会議なのだ。

そう。この会議はあくまで、企画が「良い」か「悪い」か、客観的に判断し、「悪い」ならば改善案を提示する場所。編集者が、自分の主張を押し通す場面ではないはずだ。

それなのに……。

「この企画に関する、お前の想《おも》いってもんをぶつけてこいよ」

想い、と言われても。仏頂面の曾根崎部長とにらめっこしながら、桐生は途方に暮れてしまう。

自分の想いが小さいとは、決して思わない。むしろ「最高の一冊を作りたい」という気持ちならば、誰にも負けるつもりはない。しかし、それと会議とは、まったく違う問題だ。

桐生は、この企画の準備段階で、多くのデータを集め、綿密な分析を繰り返した。市場の動向、最近のトレンド、未開拓の分野……。ありとあらゆる可能性を考慮した上で、「これなら売れる」と判断した企画を、会議の場で提示した。

想いは、集めたデータの総量が無言のうちに伝えてくれる。そう思ったからこそ、桐生はむしろ自分の主観的な意見を加えないように意識した。最高の企画にしたい。そのために、他のメンバーからの客観的な批判は受け入れる覚悟だった。

だが、フタを開けてみたら「想いが足りない」という、まったく的外れな批判。曾根崎部長は、桐生が用意したデータ資料をまともに見てもいなかった。

ギリッと、石臼《いしうす》でも挽《ひ》いたかのような音がする。自分の歯ぎしりの音だと気付いて、桐生は驚いた。

「まあまあ。ともかく、この企画自体は面白そうですよ」

不意に、重々しい空気をサッと払うように、柔らかい女性の声が会議室に響いた。普段は相手を射すくめるような目つきをしているのに、実は優しい女性社員——立花さんだ。

立花さんは目尻に笑いじわを寄せて、険しい表情を保つ部長に向かって、諭《さと》すように言った。

「最近、うちの会社からスポーツ小説は出していませんし……。切り口も面白い。書店で見かけたら、思わず手に取ってしまいそうですね」

この表情の切り替えは、一児の母だからこそなせる業か。桐生は感心すると同時に、ばれないように小さく肩を落とした。

曾根崎部長が、小さく「それもそうだな」とつぶやく。その後、二言三言、曾根崎部長と立花さんとが言葉を交わし、桐生の企画は採用されることに決まった。

結局、幅をきかせるのは主観的な意見なのか。

文芸編集部の実質ナンバー2、立花さんの助け舟で、桐生の企画は何とか通った。しかし、立花さんが主張したのは、あくまで「自分だったら買いたくなる」ということ。それで企画が通るのならば、客観的なデータなど、いったい何のために集めるのか。

心の中に、なんともスッキリしない思いを抱えたまま……。川の水に流されるように、桐生は曾根崎部長とともに、件《くだん》の作家に会いに行くこととなった。

そして初めは、先生もなかなか上機嫌だった。

先生の行きつけであるという喫茶店でコーヒーを飲みながら……。どんなスポーツ小説にしたら面白いか、今までにない切り口の作品ができるか、先生の意見を聞いた。かなり乗り気に見えたのだが……。

——ところで、君はかなり若そうだな。

——はい。今年で二十六です。

——ということは、大学を出て丸三年か。昔から小説が好きだったのかね?

先生が発したその質問をきっかけに、場の雰囲気は一変した。

——実は、大学の頃はあまり小説を読まなかったんです。数学科にいたもので。

そう正直に答えると、先生と部長の表情が、とたんにこわばったように見えた。まずいことを言ってしまっただろうか。心配になった桐生は、続けて、弁解のつもりでこう言った。

——しかし私は、小説の知識が乏しい分、理系の知識で、先生のお役に立てると思います。

それがどうやら、逆効果だったらしい。それまでの和やかな空気など、まるで初めからなかったかのように。執筆依頼の話は、一瞬にしてご破算となった。

「……バカやろう」

喫茶店の外――ぺこぺこ頭を下げて作家先生を見送った後で、ため息混じりに部長は言った。

「聞かれてもないのに、数学科出身なんて言う奴があるか」

作家先生に向けていた笑顔から一転、いつもの鬼の形相に戻っている。桐生は少しだけたじろいだが、すぐに気を取り直して言い返す。

「でも、事実です。それに私は、ただ意気込みを語っただけなのですが……」

「あんなふうに言ったら、機嫌を損ねるに決まってるだろうが」

部長は初めから、桐生の言葉になど聞く耳持つ気はないようだった。苛立《いらだ》ちを隠す様子もなく、とげのある声で続ける。

「そもそも『あまり小説を読まなかった』なんて答えたことも信じられんが……。何が『数学的な思考力を活かして』だ。数学なんて、文芸には何の役にも立たん」

数学が、文芸の役に立たないだって？　そんなもの、誰が決めたっていうんだ。

桐生と嵐田との誓い――理系文芸同盟そのものを否定するような言葉だった。桐生の奥歯が、ギリリと鳴る。

「いいか？　仕事ってのはバカ正直じゃ務まらないんだ。言葉はもちろん、人格だって使い分けにゃならん」

「本音と建前、ってことですか？」

感情を殺した声で、桐生は聞き返す。部長は、虫けらでも見るかのような目をこちらに向け、そして言った。

「まったく、前の部署ではいったい何を学んでたんだ。研修からやり直せ」


「それは災難でしたね」

テーブル席の向かい側で、グレーの髪に眼鏡の男性が、にこやかな笑みを交えてそう言った。お猪口《ちょこ》をクイッと、勢いよく飲み干す。

「笑い事じゃありませんよ」

そう返すと、桐生はとっくりを傾け、その初老の男性に新たな酒を注ぐ。

「これは失礼」

すっかり赤くなった顔を、男性はさらに緩める。かなり出来あがっているようにも見えるが、この人はここからが本番である。ほとんど間をおかずに、またお猪口を口元に運んでいる。

「私は悔しいのです。先生のもとで学んだ数学が、否定されたような気持ちになって」

桐生はそう言うと、自分はビールのジョッキをあおった。テーブルに置くときに、ガチャン、と少し乱暴な音がする。ふと目を落とすと、つまだけになった刺身皿が、行き場を失ったように放置されていた。空虚さばかりがつのっていく。

嵐田とよく行く、会社近くのチェーン店ではない。東急東横線でしばらく下った先にある街の、隠れ家のような居酒屋だった。四卓のテーブルと、カウンター席。壁にかかったメニューの木札は、古ぼけた墨字で年季を感じさせてくれる。入口近くに置かれた大きな水槽では、数匹の活魚が悠然とひれを動かしている。あれを注文するといくらくらいするのか、桐生は知らない。

桐生は時々ここで、自分の二倍以上の年齢であるこの男性と杯を交わす。大学時代の恩師——西堂《せいどう》教授の行きつけの店なのだ。

西堂教授には、大学二年でゼミに入ってから、卒論を書き上げて数学科を卒業するまで、およそ二年半にわたってお世話になった。授業をたびたびすっぽかしていた桐生だが、西堂ゼミだけは、一日も休んだことがない。ゼミ生が黒板に書く発表内容は、難解すぎて理解できないことが多かった。だが、それでも桐生は毎回毎回、ゼミの後も遅くまで教授を質問攻めにし、そしてほぼ毎週、この居酒屋へと繰り出したものだ。時には二人で、時には嵐田を含めた三人で。

西堂教授はこの居酒屋で、豊かな人生観を惜しみなく語ってくれた。数学科の学生は、院に進学するか、もしくは中学・高校の教員になる人が多い。そんな中で出版社への就職を決められたのも、西堂教授のアドバイスがあってこそである。

教授の方も、桐生を気に入ってくれていたのかもしれない。卒業後も、たまにこうして飲みに誘ってくれる。だから桐生は、夏木出版での自身の活躍を教授に報告すべく、これまでも奮闘してきたのだが……。

「……すみません、なんだか愚痴のようになってしまいまして」

今日に限っては、明るい話題が口から出てきてくれない。ビールで喉を潤しても、絶品である魚料理で腹を満たしても、頭に響くのは、先日、部長から投げつけられたひと言。

――数学なんて、文芸には何の役にも立たん。

認めたくなかった。認めるわけにはいかなかった。それを認めてしまうことは、自分の大学生活、いや、二十六年間の人生が、今の仕事には何の役にも立たないのだと、宣言するようなものだった。

「思いつめてはいけませんよ。人生は長い。その分だと、途中で擦り切れてしまいます」

「しかし、私にだって譲れないものがあるのです」

終始穏やかな西堂教授に対して、桐生は、きっぱりと答えた。

論理的・合理的に考えれば……桐生は一貫して、正しいことばかり言っているはず。むしろ間違っているのは、文芸編集部でまかり通っている「常識」の方だ。

客観的なデータが一つもなくたって、情熱的なプレゼンさえすれば、企画が通ってしまったりする。売れる算段がまったくなくたって、担当編集者の意気込み次第で、初版部数が上乗せされることもある。

それが出版界のしきたりであり、文芸というジャンルの風習なのだから。非合理的だろうとなんだろうと、つべこべ言わずに、郷に入っては郷に従え——。

そんなふうに言う人も、いるかもしれないけど。

自分が学んできたこと、築いてきたものを、心から尊く思っているから。

非合理的な「常識」に屈して、道を譲る気にはなれない。

そこまで考えて、桐生はまたビールのジョッキに口をつける。そろそろ酔いが回ってきたのか、頭がボーッと熱い。だが、チラッと腕時計に目をやっても、まだ時刻は八時にもなっていなかった。世に言う「華金《はなきん》」は、まだ始まったばかりである。

教授のお猪口が空いているのに気付いて、酒を注ぐ。教授は、「ああ、すみません」と言って酒を受けると、ふと、急に思い出したように言葉を継いだ。

「杓子定規《しゃくしじょうぎ》に生きることは、真の理系にあらず」

「えっ？」

反射的に聞き返す桐生。だけど本当は、そんな必要なんてなかった。この人から、この場所で。何度も何度も言われた言葉なのだから。

「何事も柔軟に。いつも言っているでしょう？」

静かで、けれども確信に満ちているような物言いだった。数々の苦難を乗り越えて大学教授にまで登りつめ、多くの実績を残してきた人だからこそ、その声には重みがある。

周囲の客たちの声が、妙に遠く聞こえる。桐生はジョッキを置き、肩をすくめた。

「……では、やはり長いものには巻かれた方がよいのでしょうか？」

「時には、それも必要です」

沈んだ声で話す桐生を前にしても、教授は笑みを絶やさない。お猪口を口に運び、さもうまそうに口の中で味わう。ゴクリと音を立て、しわの通った喉仏が上下した。すかさずとっくりを構える桐生。お猪口を差し出しつつ、教授はにこやかに続ける。

「ですが、きっとあなたの力が必要とされる時期が来ます。たまたま今が、そうではないだけなのでしょう。焦りは禁物ですよ。あなたの目標はなんですか？」

「文芸編集部の救世主です」

半ば無意識のうちに、桐生は即座に返答していた。あまりの大言壮語に、恥ずかしさで耳が熱くなる。嵐田が口にしたフレーズを、心のどこかで気に入っていたのかもしれない。あるいは、単に酒のせいか。

しかし、そのくらいを目指さなければ、嵐田との誓いを果たすことはできまい。理系文芸同盟。桐生と嵐田の目標は、ベストセラーのはるか先、文芸の歴史に名を残すミリオンセラーなのだから。

桐生の言葉を聞いて、教授は馬鹿にするどころか、どこか安心したようにすら見えた。

「ならば、その目標に向かって進みなさい。他の誰にも信じてもらえなくとも、あなたはあなたの力を信じなさい」

そう言って、お猪口を掲げる教授。桐生はすぐに察して、自分もビールのジョッキを片手で持ち上げた。カツンと音を鳴らして、お猪口とジョッキとを打ち合わせる。半分ほど残っていたビールをひと息に飲み干し、プハッと息を吐く。

口元についた泡を拭っていると、教授は赤い顔をしたまま、フッと息を漏らすようにつぶやいた。

「そして、抗《あらが》うべきときを間違えてはなりません」

抗うべきとき？　桐生は続く言葉を待ったが、どうやら教授は、それ以上説明する気はないようだった。

「えぇと、それはどういった……？」

「さて、何か注文しましょうか」

桐生の声にかぶせるように、教授は楽しげに言った。とっくりを持ち上げてみると、中身は空っぽになっていた。桐生は店員を呼び、新たな日本酒とビール、それからつまみを注文する。

「ところで、文芸編集部では、数学をテーマにした小説は出さないのですか？」

店員が歩き去ったところで、西堂教授は突然、話題を変えた。不意討ち気味でちょっと面食らったが、それは偶然にも、桐生の方から切り出そうかと思っていた話題であった。

「実はですね。今、北条《ほうじょう》先生を担当している人がいるんですよ」

「ほほぉ、北条先生」

その名を噛み締めるように、西堂教授は目を細める。やはり、知っているようだ。

北条先生というのは、元々は大学で数学を教える講師だった。ところが何を思ったのか、五年ほど前に大手出版社の新人賞に応募し、『愛を歌う数式』という、怪しげなタイトルの小説で大賞を受賞。去年には十万部を超えるベストセラーまで飛ばし、乗りに乗っている作家である。

数学と小説とを融合する手法により、理系のファンが多く存在する。数学者である西堂教授なら、その名を聞いたことがあるのはむしろ自然だ。

教授は、ふんふん、と一人で頷き、何事かを勝手に納得している。店員が、とっくりとビールジョッキを運んできた。桐生がお猪口に酒を注ぐと、教授は頬の笑いじわを深くして、とんでもないことを言い出した。

「それは面白そうですね。その担当の方を、ここに呼ぶことはできますか？」

「……は？」

聞き返すと同時に、桐生は手を滑らせた。ガチャン、と音を立てて、ジョッキと空き皿とが衝突する。ビールが少しこぼれてしまったが、拭き取るのも忘れて、西堂教授の顔をまじまじと見返す。なんだか仏様みたいにも見える大学教授は、グレーの髪をサッと手ですいて、上機嫌に言い放った。

「華の金曜日は、まだまだ始まったばかりですよ」

ビールと日本酒、カシスオレンジ。ひと目で異質と分かる組み合わせが、同じテーブルの上で展開されていた。その違和感の間を埋めるように、山菜のてんぷらや若鶏《わかどり》のから揚げ、そして色鮮やかな刺身の盛り合わせなどが、所狭しと並んでいる。正直、桐生の腹はすでに膨れている。それでも、皿の上のつまみは見る見るうちに減っていた。

桐生の隣では鴨宮さんが、幸せそうにもぐもぐと口を動かしている。

「このてんぷら、おいしいですね～」

感激したようにそう言うと、せっせと箸を動かして、てんぷらを自分の小皿に盛る。

「こっちのお刺身も。これなんか、プリプリしちゃって、まだ生きてるみたいです」

常に口か手のどちらかは動いている。一週間の仕事から解放された反動か、それとも、元々よく食べる人なのか。そこのところは、あまり気にしないことにした。

「なんだか申し訳ないな、急に呼び出しちゃって」

「いえ、全然。あたしも、ちょうど飲みたかったんですよ」

桐生の心配もどこ吹く風。本当に楽しそうに、鴨宮さんは答えた。カシスオレンジのグラスを、クイッと傾ける。てんぷらを食べながら甘い物を飲める味覚が、桐生にはよく分からない。が、とにもかくにも、急な呼び出しにも迷惑はしていないようだったので、桐生はひとまずホッと胸をなでおろした。

そう、北条先生を担当しているのは、何を隠そう鴨宮さんなのである。教授の顔も、いつもより赤くなっている気がする。きっと、こんなに若い女性が登場するとは思っていなかったのだろう。

「むしろ、誘っていただいて嬉《うれ》しいですよ。せっかく数学の教授にお話をうかがえるチャンスなんですから、逃す手はないじゃないですか。きっと編集にも活かせます」

そう言って、鴨宮さんはマグロの刺身をパクリと口に入れた。これ以上入りそうにない自分の胃が恨めしくなる。それほどまでに、彼女はうまそうに食べた。

「すごいな。こんなところでも仕事のことを考えられるなんて」

「編集者は、二十四時間編集者じゃなきゃいけないって、立花さんがおっしゃってたんです。生活のすべては仕事につながり得る。だから、常にアンテナを張ってなきゃいけないって」

テーブルの向かい側で、教授が「ほほぉ」と声を漏らした。桐生は桐生で、思いのほか芯の通った返事に、少々驚いてしまう。

「なんだか意外だな。普段の鴨宮さんを見ていると、オンオフの切り替えがはっきりしてそうだけど」

「完全にオフにするわけじゃないんですよ。半分オフ、みたいな。仕事に役立ちそうなことがあったら、すぐにスイッチを入れられる状態、ってわけです」

冗談めかしてそう言って、彼女はまたカシオレに口をつけた。

「文芸の世界も、どんどん変わってますから。勉強し続けないと、すぐに置いていかれます。実際、ここ数年の変化を見るだけでも、ずいぶん面白いですよ」

「ほほぉ。たとえば？」

西堂教授が、興味深げに先を促す。鴨宮さんは、言葉を選ぶようにちょっと黙ってから、澄み渡った声で言う。

「話題の映画が小説化《ノベライズ》されることって、たまにありますよね？　他にも、人気漫画を原作とした小説が書かれたり。それに加えて、今は歌が原作の小説が生まれたりしているんです」

「歌が原作？」

今度は、桐生が聞き返す。そうしてしまってから、自分が無知をさらしている気がして、急に恥ずかしくなった。

鴨宮さんが、そっと微笑を浮かべる。

「ボーカロイドをご存じですか？」

西堂教授は、まるでピンとこない、とでも言いたげな表情だった。桐生も、名前くらいしか聞いたことがない。二人揃って首を横に振ると、鴨宮さんが、学校の先生のような調子で説明してくれる。

「簡単に言うと、人工的に作られた歌声ですね。人間の代わりに歌ってくれるプログラムなんです。ボーカルとアンドロイドを足して、ボーカロイド。『初音ミク』とか、聞いたことありません？」

「ああ、あの髪が緑色のキャラクターか」

思い当たって、桐生がそうつぶやく。教授も、何となくはイメージできたようだった。

カラン、と氷の音を立て、鴨宮さんがおいしそうにカシオレをひと口飲む。

「ボーカロイドを使って一般の人が作った曲は、ネット上でたくさん公開されてます。ほとんどは無名のまま消えていくんですけれど……ごくたまに、大流行する曲もあるんです。それで、その曲の歌詞が意味深だったりすると、当然、もっと詳しいストーリーを知りたいという声が上がる……。こうして、その曲を原作とした小説が出来あがっちゃうわけです」

「ほほぉ……」

西堂教授が、感心した様子で息を吐く。桐生としても、初めて耳にする類の話だった。

小説といったら、何もない更地《さらち》に家を建てるみたいに、著者がゼロから文章を組み立てていくものだと思っていたけれど……。すでに「曲」という家がある状態から、リフォームでもするかのように書き上げる、というやり方もあるわけか。

「それから、ゲームが原作の小説も増えてます」

「ゲーム？　テレビゲームのこと？」

桐生が聞き返すと、鴨宮さんは「ええ」と頷く。

「ゲームのノベライズだと、『ドラゴンクエスト』とかは昔から有名ですけど……。今では、そういうゲーム会社が作ったものじゃなくて、個人制作のゲームも小説化される対象になっています」

ちょっと、想像がつかないな。

そう思って、西堂教授の顔色を窺《うかが》うと、案の定、話についていけないようで、渋い顔をしている。けれど、鴨宮さんは辛抱強く説明を続けてくれた。まるで、鴨宮さんによる現代文学史の授業である。

「ボーカロイドと一緒です。元々、一般の人が趣味で作った無料《フリー》ゲームが、ネット上で人気になって、ノベライズされた、みたいな。一番有名なのは、『青鬼』かな？」

「一般の人が、テレビゲームを？　今は、そんな時代になっているのですね」

目を丸くして、西堂教授が感心する。六十近くなった今でも、こんなに純粋な驚きを表現できるこの人は、やはり特殊な人なのかもしれない。

「背景には、ネット文化の発達があります。一般の人が作品を発表しやすくなったから……。曲やゲームがどんどん生まれる。そこに、目をつける編集者が現れたわけです」

朗らかに笑って、鴨宮さんは顔の前に人差し指を立てた。

「小説の発売前から、曲とかゲームを知ってる人がいますよね？　だから、初めから既存のファンたちがいるんです。それだけで、他の作品より少し優位に立てます」

「だから、原作のある小説が増えているわけか」

ふぅむ、と軽くうなって、桐生は腕を組んだ。

ネット文化のなかった時代には、決してあり得ない現象だ。誰もが等しく、小説の原作者になり得る世界。それが、今の日本なのか。

「ただあたしは、そうやって既存のファンを狙うよりも、新しい読者に向かって小説を作りたいと思ってるんです」

まるで、秘密でも打ち明けるように。声の大きさをちょっと落として、鴨宮さんは言う。

「それに、本当に価値のある作品って、他の形で代替不可能なものじゃないですか。曲やゲームで表現できることなら、わざわざ小説化する必要はないと思うんです」

彼女は、わずかに残ったカシオレを飲み干し、頬を緩めた。

言葉の意味を探ろうと、桐生は思考に身を沈める。

本当に素晴らしい小説は、映画化すると価値が落ちてしまう、という話を聞いたことがある。活字から映像に変換する際に、少なからぬ情報が変質してしまうから。映画よりも原作の方が良かった、という、よくある批判が生まれてくる。

それと、同じ理屈だろうか？

「なるほど」感嘆の息を吐きながら、西堂教授が言った。「深く勉強していらっしゃるんですね」

「いえ、あたしなんてまだまだです」

恥ずかしそうに頬を赤らめて、彼女はカラン、とグラスの氷を鳴らした。

「あ、カシオレ、もう一杯頼んでいいですか？」

「もちろん。それでは私も、日本酒をもう一本いただくことにしましょう」

西堂教授がそう答えたので、桐生は店員を呼び止め、日本酒とカシオレを追加で注文した。

自分のビールは……まだ半分は残っている。

定年間近の父親と、働き始めの息子と娘。

もしかしたら、そんなふうに見えているかもしれないと思い、桐生はふと、周囲を見回した。

決して広くはない店内は、ほぼ満席。誰もが自分たちの華の金曜日を満喫しているようで、桐生たちに注意を払っていそうな人など見当たらない。水槽の中の活魚すら、こちらに尾びれを向けていた。ちょっと恥ずかしくなって、視線をテーブルに戻す。

「ところで鴨宮さんは、どうして編集者を志したのですか？」

不意に教授に尋ねられ、鴨宮さんは持ち上げかけたブリの刺身をポトリと皿に落とした。驚くのも無理はない。この人は、初対面の相手だろうとお構いなく、いきなり突っ込んだことを聞いてくる人なのだ。しかし、不快には感じない。むしろ、そのくらい気安い雰囲気を作り上げてくれているように思えた。

「非常に気になりましてね。二十四時間編集者……その並大抵でない努力を、裏で支える柱があるのではないか、と」

西堂教授が、にこやかに続ける。教授の言う通りだった。常にネタ探しをしているということは、心休まる時間がないということでもある。何か、強力な原動力でもあるのだろうか。

桐生も黙って、鴨宮さんの反応を待つ。彼女は丁寧に箸を置くと、しばし逡巡《しゅんじゅん》したのちに、こう切り出した。

「茅野《かやの》幹友《みきとも》、という小説家をご存じですか？『雪と生きる』の著者です」

知っている。鴨宮さんが口にした名を聞いて、桐生は内心驚いた。人生の中で、桐生が読んできた小説は実に少ない。『雪と生きる』は、その少ない中の一冊だった。

一方、西堂教授は申し訳なさそうに眉をハの字にする。

「不勉強なもので……ちょっと存じ上げませんねぇ……」

無理もない、と桐生は思う。特別に有名な作家ではない。桐生だって、嵐田に薦められてたまたま手に取っただけなのだ。彼がいなかったら、一生、知ることのなかった小説家かもしれない。

「俺は知っている。『雪と生きる』も読んだことあるよ」

桐生がそう言うと、鴨宮さんの顔が、さも嬉しそうに華やいだ。その笑顔がまぶしくて、桐生は不覚にもドキリとする。

本当に好きなものを語るとき、人は一番、活き活きとした顔をするのかもしれない。そんなふうに冷静に分析し、胸を落ち着ける。

「編集者を目指すようになったのは、その茅野先生の影響なんです」桐生の胸中になどまるで気付かぬ様子で、鴨宮さんは目を細めた。「マイナーですけど、偉大な小説家です」

楽しげに輝く表情から、しみじみとした表情へ。かすかな変化が読み取れて、桐生はハッと息を呑む。鴨宮さんの瞳の中に、喜びとは別の光――少し寂しげな、暗い輝きが混じった気がした。

思い出した。茅野幹友というのはたしか……。

「たしか、東日本大震災で亡くなった作家さん、じゃなかったかな？」

「……ええ、そうです」

鴨宮さんは、静かに答える。西堂教授の眉が、痛ましげに歪んだ。まるで自分の身を切られているかのように、苦しそうな声を漏らす。

「そうだったのですか……。何と言ったら良いのか……」

「いえ、いいんです。あたし自身も震災以前は、茅野先生の本を読んだこともなかったんですから」

雨上がりみたいにカラッとした笑顔で、鴨宮さんは言った。意外な反応に、桐生と西堂教授は顔を見合わせる。

じゃあ、『雪と生きる』を読んだのは、茅野先生が亡くなった後、ということだろうか。

「実はあたしも宮城県出身なんですが……あたしの家がある地域は、幸い大した被害も出ませんでした」

鴨宮さんが、ゆったりとした口調で語り出す。本を朗読するような、美しく、聞き取りやすい声だった。店員が、日本酒とカシオレを運んでくる。

「それでも、被害の大きかった地域から避難してくる人がいたりして……悲惨な話を耳にすることは多々ありました」

無意識に、ゴクリと唾を飲み込んでいた。

二〇一一年三月十一日、桐生は東京にいた。だから受けた被害といったら、せいぜい電車が止まって、家に帰れなくなったことくらいだ。

だが東北での惨状は、テレビの映像を通して何度も何度も目にした。同じ日本国内であることが、信じられなかった。映画のチャンネルをつけてしまったのかと思った。

だけど、それは目を逸《そ》らしてはならない現実だった。

桐生も西堂教授も、一切の口を挟まずに、鴨宮さんの言葉に耳を傾け続ける。

「そのとき、ある被災者の女性に会ったんです。彼女は震災で父親を亡くして、何人かの友だちを失いました。それにもかかわらず、弱音一つ吐かなかったんです。前だけを向いて、強く生きていたんです」

鴨宮さんは、そこで一瞬、言葉を区切った。心の中から、大事な言葉をそっと取り出すような――そんな優しい時間が、そこにあった。

「その人を支えていた本が、茅野先生の『雪と生きる』だったんです」

居酒屋内の決して小さくない喧騒《けんそう》にも、かき消されない強さを持った声だった。

「あたしは小説の持つ力を、そのとき初めて知りました。たかがフィクションかもしれません。それでも、誰かの生きる力になり得るなら……あたしも作りたい。誰かの生きる支えになるような本を、作りたい。そう思ったんです」

「ご立派です」

西堂教授が、感嘆のにじみ出た声でそう言った。鴨宮さんの頬が、かすかに朱に染まる。

「『雪と生きる』……。俺もあの作品が大好きだ」一語一語を、細く繊細な糸で紡ぎ出すように、桐生は言う。「きっと君も、あんな素敵な作品が作れるよ」

「ありがとうございます」

鴨宮さんは、ぺこりと頭を下げた。

「あ、茅野先生の本、他にも良い作品がいっぱいあるので。機会があったら、読んでみてくださいね」

その素直な振る舞いに、桐生は思わず笑ってしまう。

それぞれの胸に、違った想いが秘められている。桐生にも、鴨宮さんにも、そして多分、他の編集部員にも。譲れない何かが、きっとあるのだろう。いつか、理解したい。そして、理解してもらいたい。そう思って、桐生は泡のほとんどなくなったビールに口をつけた。

「北条先生の本は、どういった内容なのですか？」

お猪口をそっと持ち上げながら、西堂教授が尋ねた。そこで桐生も、ようやく思い出す。そうだった。元はと言えばその話をするために、わざわざ鴨宮さんを呼び出したのだった。

鴨宮さんも、自分がここにいる理由を思い出したらしく、また頬を赤くした。濡れた唇を、そっと開く。

「素数の謎を追い続ける、ある数学者の話なんです。まだ企画段階で、詳しいことは分からないんですけど……たとえば、『双子素数』とかが登場するみたいです」

「ほほぉ、双子素数」西堂教授の声は、妙に嬉しそうだ。「これはまた、神秘的な題材だ」

鴨宮さんが曖昧な笑みを返す。素数が神秘的だと言われても、あまり実感が湧かないのかもしれない。

3と5とか、11と13とか……隣り合う奇数が両方とも素数になっている場合、その組を「双子素数」という。定義はそれだけ。非常にシンプルだが、同時に、深い謎を秘めた魅力的な数なのだ。

「素数が無限に存在することは、太古の時代に証明されました。ですが、双子素数は無限に存在するか、ということになると、いまだに解明されていない難問なのです」

全数学者の言葉を代弁するかのように。西堂教授は、力のこもった声で語る。

「双子素数予想。長きにわたって、多くの数学者たちが挑み続けている有名な問題です。双子素数は、どうやら無限にあるらしい。けれど、それを確かめる手段がない」

鴨宮さんは、まだイメージが固まらないようだった。いよいよ頭を抱えそうになっている彼女を見かねて、桐生は口を挟んだ。

「ゴールの見当はついているのに、そこに至るルートが見当たらない。つまりは、そういうことですね？」

「ええ、そうです」

教授は神妙な顔で頷いた。桐生は、今度は鴨宮さんに向かって語りかける。

「鴨宮さん、ユークリッドっていう数学者を知ってる？　紀元前三〇〇年頃のギリシャ人だよ。彼が『素数は無限に存在する』ってことを証明したのが、だいたい二千三百年前。それ以来、素数の謎をすべて暴いてやろうっていう、数学者たちの戦いが始まったんだ。双子素数予想も、その戦いの一つだ」

「二千三百年も……？」

ようやくスケールの大きさを実感できたのか、鴨宮さんは目を丸くした。西堂教授が、満足そうな微笑みを浮かべる。自分の得意分野を人に話して、その面白さが伝われば嬉しい。その非常にシンプルな理屈から、桐生の胸にも、自然と喜びが湧き上がってくる。

それと同時に、桐生は確信した。やはり数学は素晴らしい、と。

双子素数が無限に存在するか。この難問は、今までどんな天才たちも解くことはできなかったし、この先、解決されるかどうかも分からない。もしかしたら、先人たちの努力のすべてが無駄になるかもしれないのだ。

しかし、だからこそのロマン。あてになるかどうか分からない宝の地図を片手に、七つの海を航海する海賊のように。数学者たちは、「無限」という底知れぬ大海に乗り出し続けた。きっと、これからも。

桐生がとっくりを持ち上げると、教授は「ああ、いただきましょう」と言ってお猪口を差し出した。トクトク、と耳に心地よい音がして、酒が満ちる。

お猪口に口をつけてから、西堂教授はふと、急に思いついたように言い出した。

「素数の謎を追い求める数学者の話、とおっしゃいましたね？　その小説の中に、『メルセンヌ素数』は出てきますか？」

「え？　あ、えぇと……。たしか出てくると思います」

手に取りかけた箸を再び置き、鴨宮さんは目を白黒させながら答える。彼女の言葉を聞いて、西堂教授は感嘆の息を吐いた。

「素晴らしい。メルセンヌ素数は、素数の中でも特に美しいと言われているのですよ。さすがは北条先生。分かっていらっしゃる」

桐生が解説を加える間もなく、教授は勝手に、一人で納得してしまったようだ。鴨宮さんを置いてきぼりにして、おかしなことを言い始める。

「それなら、タイトルには『メルセンヌ』の五文字を入れると良いと思いますよ」

「えっ？」

「ちょっと教授。個人的な好みを彼女に押し付けないでくださいよ」

見るに見かねて、桐生は西堂教授をたしなめる。教授は「これは失礼」と笑って、また日本酒に口をつけた。

「数学のお話は、本当に楽しいものでね。ついつい」

桐生はあきれて肩をすくめた。隣で鴨宮さんが、おかしそうに笑っている。

教授は別に、本格的な数学談義を期待して、鴨宮さんを呼んだわけではない。教授は結局、こういう他愛のない話をしたかっただけなのだ。

無限に存在する数、素数。果てのない永遠の世界に、桐生もかつてロマンを感じた。数学の世界から一歩外に出てしまえば、無限に続くものなど、そうそう見つからないものだから。

天すらも有限だなんて。人生って儚いなぁ。

ある日の飲み会で、酔っぱらった桐生が大声で言ったというセリフ。おそらく、心の隅で思っていたことが、ポロッとこぼれ出たのだろう。無限とか、永遠とか。それらの言葉がいかに幻じみているか、痛いほど実感したからこそ……。

「あっ……」

口元に運ぼうとしていたジョッキを、危うく落とすところだった。稲妻でも閃《ひらめ》いたかのように、脳内がカッと照らされる。濃霧に包まれていた記憶の端っこまで、一瞬だけ見渡すことができた。

桐生は、不意に思い出した。

「どうかしたのですか?」

「あ、いえ……、何でもありません」

眉をひそめる教授に、桐生はしどろもどろにそう答えた。チラッと、横目を遣う。鴨宮さんは怪訝そうな顔をしながらも、もぐもぐと口を動かしている。

桐生は確信した。彼女に初めて会ったときからずっと感じていた、妙な懐かしさの正体を。

大学時代の恋人に、どこか似ている。

別れた直後の飲み会で、その先の人生を儚んでしまうほどに、心から愛していた女性。その面影が、そこに、かすかにあったのだ。


「華の金曜日」。その言葉を最初に使ったのが誰なのか、桐生は知らない。しかしとにかく、五日間の仕事を乗り越え、土日という自由を勝ち取った喜びを、的確に表現していると思う。

そして、道端に咲く美しい花を見つけたと思ったら、ふと気が付くと、いつの間にやら枯れてしまっているように。土日というものも、桐生に何の断りもなく足早に過ぎ去っていく。勉強のために小説を読んだり、本屋でアイディアを集めたり、歩きながら次の企画のことを考えたり……。そんなことをしていると、まともに休んだ気もしないまま、また月曜になっている。

そうして日々、追われるように仕事する。曜日と同じように年齢も、気が付いたら三十、四十を迎えていたりするのだろうか。そう思うと、立ち止まっている暇はますますなくなり、日の経つ速度も増していく。

桜が散ったと思ったら梅雨も過ぎゆき、木々を緑が覆いゆくさまを眺めていたら、季節は夏になっていた。

文芸編集部に来て四か月。周囲との隔たりがなくなるわけではないが、それもひと通り慣れてしまった頃。事件は起こった。

「夏風邪？」

ようやく、朝の九時になろうという時間だった。誰もが自身に気合いを入れ、充実した一日を始めようとしているときに、いきなり曾根崎部長の不機嫌そうな声が響いた。

今にも怒鳴り出しそうな部長を前に、デスクの脇に立つ鴨宮さんは、あくまで冷静な口調で返す。

「はい。息子さんの看病があるので、今日一日お休みをいただきたい、とのことです」

「ふざけるんじゃない。今日は登録日だって知っているだろう。編集担当の立花がいなくて、どうするっていうんだ」

斬って捨てるように、部長は言う。雲行きの悪さに、仕事モードの鴨宮さんもさすがに困惑し始めたようだった。

桐生をはじめ他の編集部員は、パソコン画面から目を離さないまま、二人のやり取りに聞き耳を立てる。

「登録日」というのは、書籍の情報を確定し、書店にリリースを始める日のことだ。タイトル、著者名、価格、ISBNコード、そして内容紹介などをパソコンで入力し、誤りがないか綿密にチェックする。最終確認が済んだら、晴れて、アマゾンなどで予約注文が開始される。

つまり、登録日を過ぎると、あらゆる書誌情報の変更がきかなくなる。チェックの責任は重大で、ゆえに、編集担当者と部長が必ずダブルチェックをし、二人が「承認」のボタンをクリックする決まりになっている。それが済むまでは、情報は決して社外に流されない。

桐生は、チラッと卓上カレンダーを見る。立花さんの担当している単行本は、今日、たしかに登録日だ。にもかかわらず、立花さんは出社していない。鴨宮さんが受けた電話によると、今日一日、出社するのは難しいらしい。

立花さんの息子さんは、たしか小学一年生だったはずだ。そんな子どもが高熱を出したとなれば、とても仕事なんてしてはいられまい。

やむを得ない欠勤、だと思うのだが……。

「定時までいろとは言わん。三十分でいいから出社するように、立花に伝えろ」

血も涙もない宣告をして、曾根崎部長はパソコンに目を戻してしまった。あまりに一方的な態度だが、鴨宮さんも引き下がらない。いけ好かない部長に反論する。

「すでに、タイトルなどの決裁はすべて終わっています。最終確認画面をＰＤＦ化して、立花さんの自宅のパソコンに送ってはいかがでしょう？　立花さんには自宅で確認をしていただければ……」

「そういうことを言っているんじゃない」

カタカタとキーボードを打ちながら、曾根崎部長が冷たく言い放つ。

「立花が出社しなければ、最終的に承認ボタンをクリックするのは別の人間になる。そんなことは認められんよ。万が一間違いがあっても、俺は責任が取れん」

取りつく島のない言い方だった。出社してパソコンを見て確認するのと、ＰＤＦを自宅で確認するのと、いったい何が変わるというのか。桐生には、まったく理解できない。

ここまでの分からず屋が相手では、もはや言い返す言葉も見当たらなかったようだ。鴨宮さんは口元をかすかに歪めてから、何も言わずに踵を返した。自分のデスクに戻り、ためらいがちに受話器を取る。監獄にでも送られる前であるかのような、憂鬱そうな顔だった。

桐生は、押し寄せる怒りと苛立ちに翻弄されつつも、立ち上がろうとする自分の足を必死でなだめ続けた。

結局、午後になってから立花さんは出社してきた。息子さんは、近所に住む知り合いに無理やり頼み、面倒を見てもらっているらしかった。

疲れのせいか、目つきにいつもの鋭さがない。十歳ほど老け込んだようにさえ見えた。黙ってパソコンを立ち上げ、画面に見入っている。

規則というものは、人をたやすく縛り付ける。

何となくメール画面を開いたまま、桐生は考える。

文芸編集部の多くの人間は、数字を使うのではなく、数字に踊らされている。そしてそればかりか、彼らは規則によって多くの自由を奪われている。規則は守るためにあるのではなく、仕事を円滑に回すためにあるはずなのに。

出社してから約十五分後、立花さんは「承認」のボタンをクリックした。訂正は一つもなかった。ただ、マウスの左をカチリと押しただけだ。たったそれだけのために、立花さんは病気の息子を他人に預けなくてはならなかった。

――杓子定規に生きることは、真の理系にあらず。

西堂教授の言葉を、桐生はふと思い出した。


「へぇ、そんなことがあったのか」

そう言うと嵐田は、缶コーヒーをグイッと傾けた。この暑苦しい男は、真夏でもホットコーヒーばかり飲んでいる。自販機から出てきたばかりのはずだが、熱くはないのだろうか。それとも、コイツの感覚器官は普通の人間と違うのか。

そんなどうでもいいことを考えて、桐生は自分のアイスコーヒーをすする。

会議室の隣にある休憩室には、今、桐生と嵐田の二人しかいない。自販機のブーンという低い音が、なんだか腹に響いてくる。

そろそろ、夜の十時を回る頃。二人は、会議室での分析を中断し、ひと息入れていた。

「あの人は、頭が固いんだよ」

ソファに体をもたれさせ、桐生は言った。嵐田が、コーヒーを口元に持っていきかけた手を止め、大きく笑い声を上げる。

「そうだな。お前も相変わらず、会議のたびに散々叩かれてるらしいしな」

「よく知ってるな」

「営業の情報網を舐《な》めるなよ?」

嵐田は得意気に言うと、またコーヒーの缶を深々と傾ける。「ん?　熱いな」

なぜ、ひと口目で気が付かないのか。口に出しかけたが、突っ込むのはやめておいた。

——お前の言いたいことは、はっきり言ってまったく分からん。

先週行われた企画会議。そこで曾根崎部長が冷たく放った言葉が、桐生の脳裏をかすめていく。

——単純に数字で測れるような世界じゃないんだ、文芸ってのは。『月がきれいですね』が愛の告白になる。そんな世界なんだぞ？　直感とセンスを磨いていくしかないんだ。理解することを真っ向から拒絶するような、そんな言い方だった。

カツン、と音を立てて缶をテーブルに置き、桐生は言う。

「やっぱり、客観的なデータを示したって、聞き手に分かろうとする意志がなければ意味がないみたいだ」

「そりゃあそうだ。数字が嫌いな人間だっているからよ。曾根崎部長みたいな堅物は特にな」

何を分かり切ったことを。そう言いたげな口調で、嵐田が言葉を返してくる。

「そういう人間にも興味を持ってもらえるように、口から出まかせでペラペラしゃべることを、世の中じゃあプレゼンって呼ぶらしいぜ？」

「そうなんだけどさ。それって詐欺じゃないか」

「おうよ」

悪びれる様子もなく、嵐田は答えた。いつものふざけ半分の笑い顔ではなく、珍しく真顔であった。

「ビジネスマンは、多かれ少なかれみんな詐欺師だよ。誇張して、煽《あお》って、自分さえも偽って……。そうやって汚れるのが嫌だったとしても、ライバル企業は躊躇《ちゅうちょ》しねぇ。自分だけきれいでいようったって無理な話だ」

「けど、そんな働き方は……」

郵便はがき

お手数ですが、
切手を
おはりください。

151-0051

東京都渋谷区千駄ヶ谷4-9-7

(株)幻冬舎

「リケイ文芸同盟」係行

| | | |
|---|---|---|
| ご住所 〒□□□-□□□□<br>Tel. (　-　-　)<br>Fax. (　-　-　) | | |
| お名前 | ご職業 | 男 |
| | 生年月日　年　月　日 | 女 |
| eメールアドレス： | | |
| 購読している新聞 | 購読している雑誌 | お好きな作家 |

◎本書をお買い上げいただき、誠にありがとうございました。
質問にお答えいただけたら幸いです。

◆「リケイ文芸同盟」をお求めになった動機は？
①　書店で見て　②　新聞で見て　③　雑誌で見て
④　案内書を見て　⑤　知人にすすめられて
⑥　プレゼントされて　⑦　その他（　　　　　　　　　　）

◆著者へのメッセージ、または本書のご感想をお書きください。

今後、弊社のご案内をお送りしてもよろしいですか。

（　はい・いいえ　）

ご記入いただきました個人情報については、許可なく他の目的で使用することはありません。

ご協力ありがとうございました。

「七万八千」

言葉を途中で遮って、嵐田は急に謎の数字を口走った。量りかねて、桐生は黙り込む。嵐田は、窺うようにじっとこちらを見据えていたが、やがて、吐息とともに語り出した。

「一年間に出版される新刊の数だ。雑誌、単行本、文庫本、エトセトラ。全部合わせると七万八千になる」

「それが、いったい何だっていうんだ？」

「清く正しく仕事すりゃあ、そん中で生き残れんのか、って話だ」

桐生はとっさに、返す言葉を見つけられない。

嵐田の言わんとしていることが、なんとなく見えてきた。

「知ってんだろ？　やっとの思いで作った新刊を、意気揚々と書店に送ったってさ……段ボールから出されもせずに、そのまま返品になることだってザラなんだぜ？　いわゆる『ジェット返品』ってやつだな」

そう言って、乾いた笑い声を上げる嵐田。自嘲にすら聞こえる、寂しげな色を含んだ声だった。

「まあ、書店員の立場になったら、それも当然だよな。年間七万八千も出版されるんだ。全部を並べることは不可能だ」

冷たい現実を、嵐田は語る。もちろん、桐生だって知らなかったわけじゃない。ただ、あまり思い出したくはないだけだ。

近所の小さな書店に並ぶ本は、実はほんのひと握り。プロ野球で言えば、オールスター選手だ。それ以外は、放っておいたら都市部の大型書店にしか並ばない。いや、大型書店にすら並ばない本だって、数えきれないほど存在する。

ほとんどの本は、読者の目に触れることすらないのだ。

「おまけに、現代人には時間がねぇ。いつも何かに追われて、せかせか生きてる。そうなると、本を一冊読む時間だって惜しいわけだ。つまらん小説なんて読んでる暇はねぇ。結局、大人気作家の小説とか、有名な賞の受賞作とかを読むことになる。『ハズレ』の可能性が低いからな」

「二極化、か……」

そうつぶやいて、桐生は鴨宮さんの話を思い出した。最近増えている、「原作のある小説」の話。

人気の曲やゲームがもとになった、ノベライズ作品。人気作家が書いたわけでも、賞を取ったわけでもないけれど——すでに一定数のファンが存在すると分かっている。本が売れないこの時代、出版社にとって、それは非常に魅力的なことなのだ。

小説を読む時間が少ないから、読者は「ハズレ」を引くのは何としても避けたい。必然的に、売れる作品はどんどん売れることになるけれど……反対に、賞を取れず、既存のファンも少ない著者の本は売れない。売れなければファンも増えないし、審査員の目に留まらないから賞も取れない。ただただ、生存競争からふるい落とされていく。

壮絶な二極化。それが、今の出版業界なのだ。

「だけどよ。それじゃあ、つまんねぇだろ」

沈んでいた桐生の思考は、荒っぽい声に引っ張り上げられた。ハッと顔を上げると、嵐田の真剣な表情が目に飛び込んでくる。

「売れてる本だけが書店に並んで、読者はみんな同じ本を読む。同じ方向を向いて、同じことを考える。そんな世の中はつまんねぇよ。そういう世間に、俺は風穴を開けたいわけだ」

顔の前で拳を握り、嵐田は言う。胸の中の決意を、自分で確かめているかのようだった。

「どんなに売りたくたって、並べてもらわないことには売れるはずがねぇ。他の七万八千を押しのけて、平積みにしてもらわなきゃならん。だったら、俺たちは詐欺師にでもなんでもなってやろう、ってわけよ」

ぐうの音も出なかった。「営業トーク」という名の情報操作が横行する場に身を置いているからこそ……。そして自分自身も、あの手この手で売り上げを伸ばそうとしてきたからこそ、はっきりと言えるセリフなのだろう。

いや、営業に限らない。編集者だって、同じではないか。

原稿がつまらなければ、面白そうなタイトルをつけようと躍起になる。本の内容が薄っぺらければ、帯のキャッチコピーで挽回《ばんかい》しようとする。中身が空洞でも、メッキだけは一流であるかのように見せかける。

もっと言えば、原稿自体だってそうだ。実用書などはほとんどの場合、実際に文章を書くのは著者ではなくライターだ。著者はインタビューに応じ、出来あがった原稿をチェックするだけ。考えてみれば当たり前だ。多くの医者は忙しすぎて、一般向けの健康本なんて書く暇がない。文章などほとんど書いたことのないスポーツ選手が、いきなりエッセイを書くなんて無理な話だ。ライターに任せる方が、はるかに合理的。

どれも、競争に勝つには必要な戦略。

だけど、厳密に言えば嘘《うそ》だ。この世は、嘘で溢れている。

「たしかに、お前の言う通りかもな」

噛み締めるように、桐生は言った。コーヒーのスチール缶を、ギュッと握る。

きれい事だけでは、仕事はできない。

結局、曾根崎部長を説得して企画を通すには、大いに誇張を交えた「プレゼン」で、情報操作をしなくてはならないのだ。

頑固な岩を動かすのに、手が汚れることを嫌がってはいられない、ということか。

何かを諦めるようなため息を吐いて、桐生は友人に向かって言う。

「すまないな、分析手伝ってもらってるのに。結局、俺がバカ正直だったばっかりに、あの堅物部長を説得できなくて」

「おいおい、勘違いすんなよ。別に、あの腐れ部長を説得するために分析したわけじゃねぇだろ？」

沈み込む桐生を、まるで嘲笑《あざわら》うかのような声。驚いて顔を上げると、嵐田は不敵な笑みを浮かべていた。

「お前はそんなに、スケールの小さい男じゃないはずだぜ？」

スケール？　何の話だ？　聞き返そうと口を開く前に、嵐田は続ける。

「たとえうわべを嘘で塗り固めても、本物の芯が通ってるなら、俺はそれでいいと思う。筋だけは通せる詐欺師と、性根まで腐ったくそったれな詐欺師だったら、どっちになりたいかって話だ」

そこで嵐田は言葉を区切り、コーヒーを一気に飲み干した。ゴミ箱に向かって放ると、やたら大きな音が鳴る。

たしかに、そうだ。桐生が長い残業をしてまで、文芸書の売り上げを分析していたのは……。いい作品を作るため。決して、誰かを説得するためではない。

「俺が詐欺師になってまでこの業界にいるのは、本当に良い本だと確信できる本を、読者に届けたいからだ。そこだけは譲れない。泥をすすってでも、筋を通す」

笑みを崩さず、嵐田は言った。桐生は、自分で自分が恥ずかしくなる。

いつだってそうだ。この男は、何も考えていないようで、実は、驚くほど深く物事を考えている。

自分には、できるのだろうか。理系的な考え方で、最高の本を作る。そういった「芯」を保ったまま、「うわべの理屈」で部長を説得するなんていうことが。

「じゃあ、分析の続きをやるぞ」

そう言うと、嵐田は休憩室を先に出て行った。後に続かねばならない。頭ではそう分かっていたのだが、なぜか桐生は、とっさに動くことができなかった。ソファに体を沈めたまま、しばしの間、ただ缶を握りしめる。自販機の駆動音が、低く響いていた。


会社員というのは、時に不可解な行動をとる。深夜までの残業を余儀なくされたときも、その一例だ。

冷静に考えたら、わざわざ終電に乗って自宅に帰るくらいなら、会社から徒歩圏内にあるネットカフェか何かに泊まった方が、睡眠時間を確保できる。最近のネカフェはシャワーもあるし、個室もそこそこ広い。一夜の宿には申し分あるまい。

にもかかわらず、ただ眠るためだけに家に帰り、翌日また、満員電車に揺られて出社する。何とも非合理的だが、多くのサラリーマンはそれに疑問を抱かない。自宅というのは、帰ることそれ自体に意味があるのかもしれない。

この日の桐生も、深夜一時頃、疲れてボーッとする頭を振りつつ、マンションの自室のドアを開けた。

膨らんだ鞄を床に放ると、ドサッと、土嚢《どのう》か何かみたいな音がした。中には、三百ページ分の校正刷《ゲラ》が入っている。明日の朝までに読まねばならない。

多少は慣れてきたとは言っても、まだまだ人より時間がかかる。当分、長時間の残業や持ち帰りでの仕事は続きそうだ。

他の出版社のように、始業時間が遅ければまだマシなのだが……あいにく、夏木出版社員は九時出勤である。必然的に、眠る時間を削る以外に道はなくなる。疲労だけが、際限なく蓄積していた。

ワイシャツを脱いで、Tシャツ姿になった。ポットでお湯を沸かしている間に、桐生はベッドにゴロンと横たわる。

うまくいかないな。

天井を眺め、桐生は心の中でつぶやく。

かがく文庫編集部にいた頃は、もっと活き活きと仕事ができていたのに。

膨らみ続ける不安。自分の進む道は本当に正しいのか。疑う気持ちが、心の隅に芽生えてくる。

揺らぐんじゃない。

子どもでも叱るように、自分に言い聞かせた。

嵐田は、あんなに堂々としているというのに。

寝返りを打つと、壁一面を占拠する本棚が視界を埋める。数学や科学系の本が大半を占め、一番下の段の一画にのみ、最近買い足した文芸書が申し訳程度に並んでいた。

所狭しと存在を主張する理系本たちは、大学入学当初からコツコツ貯《た》めた財産だ。桐生の大学時代、いや、人生そのものを表していると言っても、過言ではない。

見ているだけで、来る日も来る日も数式と取っ組み合った、あの大学時代が思い起こされる。

――お前、ずいぶんと数学が好きそうな顔をしていやがるな。

不意に脳裏をよぎったのは、初めて会ったときに、嵐田にかけられた言葉。大学二年の頃――西堂ゼミの顔合わせのときだったろうか。場所はたしか、どこかの居酒屋の座敷だった……気がする。とにかく嵐田は、親睦を深めようと話しかけてくる先輩たちなど完全に無視して、いきなり桐生に声をかけてきたのだ。

――ああ、よく分かったな。

今考えると、なんともすっとぼけた返事だった。数学科のゼミなのだから、そこにいるのは数学好きに決まっている。桐生も嵐田も、二十歳《ハタチ》だった。

桐生は真面目くさって、自分の考える数学の魅力を力説した。数式や図形が織りなす美しさは、もはや芸術とも言える。そして数学という学問は、社会に出て戦う際の強い武器にもなる。ここまで優れた学問は、他に思いつかない。

嵐田は、黙って桐生の話を聞き終えると、ニカッと歯を見せて笑った。

――お前は、話が分かる奴だ。

そして彼は、語り始めた。この場所にたどり着くまでに、自分がどんな道を歩んできたのか。後にも先にも、嵐田が自分の過去を語ったのはその一度きりだった。

――子ども心に、数ってきれいだな、って思ったんだよ。

嵐田はそう言って、勢いよくビールをあおった。彼が数の魅力に取りつかれた、小学校時代の話だ。

嵐田はちょっと背が高くて、ちょっと足が速いだけの、普通の小学生だった。同級生たちと同じように、公園を駆け回ったり、誰かの家でテレビゲームをしたり、時には大人にいたずらをしたり……。そうやって、どうでもいいことで笑い、日々を生きていた。

嵐田や桐生が小学五年生の頃、ミリタリー系のテレビゲームが流行した。もちろん、当時のゲーム機の性能は、今のものからすればはるかに劣る。映像も粗いし、システムも単純だ。それでも、小学生たちはこぞって腕を磨き、友だちとの対戦に興じたものだ。

嵐田もその一人で、どうにかして友人たちの鼻を明かしてやろうと、家で一人、一日に何時間もゲーム画面と向き合った。戦車や兵隊を配置し、敵の軍隊を撃破するのが目的。嵐田は、ありとあらゆる陣形を試し、コンピュータ相手にテスト戦を繰り返していた。

そのとき、ふと画面に違和感を覚え、嵐田はコントローラーを操る手を止めた。画面左上、配置した戦車の総数を示す数字を、じっと見つめる。
36
嵐田はこのとき、自軍の戦車を槍《やり》のような形で並べていた。一列目に一台、二列目に三台、三列目に五台、というように、一列ごとに二台ずつ増やしていたのだ。
そのやり方で六列配置したとき、総数は三十六。少し考えてから、決定ボタンを押して七列目を配置する。
49
左上の数字がそう変わったとたん、嵐田はコントローラーを投げ捨て、鞄から算数のノートを引っ張り出した。
1 3 5 7 9 11 13 15 17……
自軍の戦車の台数を、一列ごとに書き込んでいく。そして、すぐ下の行に、今度は戦車を一列増やすごとに、総数がどう増えていくかを書き連ねる。
1 4 9 16 25 36 49 64 81……
間違いなかった。

九九で「いんいちがいち」から「くくはちじゅういち」まで。同じ数字同士をかけた答えが、すべてそこに並んでいた。

——ゲームのことなんて、どうでもよくなっちまってさ。

酒が回って赤くなった顔で、嵐田は笑って言う。

奇数列の和は、平方数になる。高校数学で習うことだが、小学生の嵐田には衝撃的な事実だった。ただの偶然かもしれないと考えて、彼はせっせと、千番目の奇数——一九九九まで計算したという。

$1+3+5\cdots\cdots+1997+1999=1000^2=1000000$

電卓を使わずに筆算だけで。算数のノートは、最後のページまで計算に埋め尽くされてしまったらしい。

この発見を伝えようと、嵐田は翌日、クラスの友だちの前でノートを広げて力説した。奇数をどんどん足していく。たったそれだけで、どこからともなく平方数が現れる。この不思議を、感動を、クラスメイトたちと共有したい一心で、嵐田は語った。

だが、嵐田の言葉をまともに聞いてくれる人はいなかった。嵐田が数字を並べ終わらないうちに、みんなは別の話を始めてしまった。人気マンガ雑誌の最新号のこと。ゲームの攻略法のこと。そんなことの方が、嵐田の「発見」よりもずっと大切なようだった。

嵐田はその日、友だちの家でゲームをする約束を断った。道草も食わずに真っ直ぐ家に帰り、自分の発見を母親に伝えようとした。

だが、嵐田の想いは、実の母親にさえ届かなかった。

——うちの母ちゃん、なんて言ったと思う？　「そんなことより、今度の授業参観のことだけどね」だってよ。ひでぇ親だよな。俺にとっては何よりも大事な発見だったのにさ。

以来、嵐田は大学に入学するまでの間、誰とも数学の話をしなかったという。

中学には科学部があったし、高校には数学研究部があったのだが、嵐田は陸上部に入った。人と違うことに感動したり、騒いだりするのを極力避けたかったようだ。タイムから自分の平均速度を計算するのが、ひそかな楽しみだった。

数学は得意でも、文系科目はからきしだった。だから大学は、理系科目と英語だけで勝負できる私立のみを受験した。なんとか第二志望に現役で合格。

嵐田は、そこで桐生と出会った――。

アイツの胸に灯《とも》った信念の強さは、俺の比ではない。

記憶の底から身を起こし、桐生は思う。

人並み外れて数学の世界を愛しているからこそ、人から理解されない苦しみも知っている。こらえてこらえて、そうして出来あがった「芯」は強い。長年の風雨にさらされ、それでも倒れず耐えてきた巨木のように。

――泥をすすってでも、筋を通す。

恥ずかしげもなく、嵐田は言っていた。強い男だ。ぼんやりと、彼を羨ましく思った。

そのとき、湯が沸いたと告げる音が、ポットから発せられる。桐生はベッドから立ち上がり、キッチンでインスタントのコーヒーを淹《い》れた。

そう言えば鴨宮さんにも、譲れない「芯」があるようだ。

歩きながらコーヒーをひと口すすり、桐生はふと思い出す。

二十四時間編集者。そんな無茶苦茶なスローガンを掲げているのは、彼女に明確な目標があるからだ。茅野幹友の『雪と生きる』。被災者を勇気づけたというその本こそが、鴨宮さんの目指す理想の小説。

本棚の隅に視線を投げる。コーヒーカップをソーサーに置き、桐生はつつましやかに並んでいる小説の中から、分厚いハードカバーを一冊取り出した。

雪と生きる
カバーには、筆で書かれた力強いタイトル。表面を軽く指でなぞってから、桐生はベッドに腰を下ろし、パラパラとページをめくった。

北国のさびれた町に住む中年の漁師が、自然と闘い、懸命に生きていく。ひと言で言ってしまえば、それがあらすじだ。シンプルだが、生きたいという欲求が切々と響いてくる。

ページをめくる手が、ふと止まった。


伸ばした手の先があの世に触れる。

だからこそ俺は、ここで生きねばならなかった。

この地以外では、俺は俺であることができなかった。

主人公の浩三《こうぞう》が、妻に若くして先立たれ、墓標を前に立ち尽くすシーンだ。祈るでもなく、悲しむでもなく、彼はただ、生きると決める。

吹雪に体を叩かれて、寒さに手の感覚がなくなっていく。それでも、浩三はその場を動かない。それが、生きようという意志の表明であるかのように。

負けるものか。

気付くと桐生は、左手で本を押さえたまま、右の拳を固く握りしめていた。

ミリオンセラーを出すと、決めたじゃないか。それなのに、俺が揺らいでどうするというのだ。

壁掛け時計が、深夜一時半を打つ。起床する七時半まで、あまり時間もない。

桐生はグッと奥歯を嚙み締めて立ち上がり、ほどよく冷めたコーヒーカップを手に取る。残ったゲラに立ち向かうべく、真っ黒なカフェインを一気に胃に流し込んだ。

# 3　恋人より「重版」⁉

桐生が夜遅くまでせっせと取り組んでいるのは、「統計的仮説検定」というものである。

仮に、とある海沿いの街Aでアンケートを取った結果、二〇％の人が数学嫌いだったとする。一方、山間部にある街Bで取ったアンケートでは、数学嫌いの割合は一八％だった。この二つの統計から、「街Aに住むと、Bに住むよりも数学嫌いになりやすい」、あるいは「数学嫌いな人は、街Bよりも Aを好む傾向にある」と結論付けることができるだろうか――。

それを計算で確かめるのが、統計的仮説検定だ。

二〇％と一八％。両者の間に意味のある差――すなわち「有意な差」はあるのか。それとも、二％とは単なる誤差の範囲なのか。

もちろん、同じ二％だって、状況によっては誤差にもなるし、意味のある大きな差にもなる。統計的仮説検定なら、その点まで考慮して結論を出すことができる。

その統計的仮説検定が、見事にハマった。桐生の文芸編集部生活が、二年目に突入した頃だった。

そもそも事の発端は、文芸一年目の真夏にまでさかのぼる。

スポーツ小説の、波が来ている。小さなブームが起ころうとしている。そのことに最初に勘付いたのは嵐田だった。

「検定してみてくれよ」

机に広げた二百枚のプリントのうち、さらにピックアップした数枚にじっと視線を落とし、嵐田は言った。昨年、売り上げの良かったスポーツ小説の情報だ。他のジャンルの小説と比べて、どうやら売り上げが良いようだ——それが、嵐田の見立てだった。

時計は、すでに夜十一時を回ろうとしている。あくびを噛み殺して、桐生はキーボードをカタカタ叩く。

検定は、統計ソフトを使えば簡単にできる。とはいえ、すでにその日だけで何十パターンもの検定を試み、すべて空振りに終わった後だった。加えて今日は、すでに十五時間近くも働き詰め。ズキズキと、頭の奥で鈍い痛みが続いていた。

節電のため、夜間の冷房はストップしている。蒸し暑さに、額から汗が滴る。桐生は半ば朦《もう》朧《ろう》としながら、昨年出たスポーツ小説十六冊の情報をほとんど何も考えずに入力し、エンターキーを叩いた。
2.2
ぼんやりとしすぎて、出力された数値の意味を、一瞬、理解することができなかった。ただただ黙って画面を見つめていると、隣から嵐田が覗き込んでくる。彼はいきなり、ライオンみたいに吠《ほ》えた。

「おい！　cを超えてんじゃねぇか！　こいつは『有意な差』だろ！」

耳元で咆哮《ほうこう》が響いた後で、桐生はようやく、ハッと息を呑んだ。回転の遅くなった頭の中に、検定の結果がようやく像を結ぶ。

$$\frac{\overline{X}-\mu}{\sqrt{\sigma^2/n}}=2.2>c=2.131$$

その数式は、嵐田の立てた「仮説」が正しいことを如実に示していた。

σは「標準偏差」。nは抽出した標本の数だから、今回の場合は16。分子の「$\overline{X}-\mu$」は、「スポーツ小説の平均」と「全体の平均」との差を表している。この計算結果が「臨界値」cより大きいならば……スポーツ小説の売り上げの伸びは、誤差の範囲を逸脱していることになる。

結果は、的中。ほんのわずかではあるが、「有意な差」が見て取れたのだ。検定してみなければ「単なる偶然」と見過ごしてしまいそうなほどの、わずかな差であった。

「東京オリンピックに向けて、徐々に盛り上がっているのかもな。それから、フィギュアとかテニスとかの盛り上がりも、関係してるのかもしれねぇ」

嵐田はそう言って、興奮気味に声を弾ませたものだった。今、スポーツ小説を出せば、売れる可能性が高い。桐生と嵐田の二人に対して、統計学はそう囁《ささや》いている。

そして、その囁きに従った結果――九か月ほど経ったある日、一冊のヒット作が生み出された。理系文芸同盟が、小さな一歩を踏み出した瞬間だった。

「……何だと？　そうすると、お前はこの本がヒットすることを、あらかじめ予見していたってのか？」

眉間に深いしわを寄せて、曾根崎部長は言った。話の半分も信じていないような口調だった。いい加減うんざりするが、顔に出ないようにしなくてはならない。

「はい、そうです」

企画の段階から、何度も何度も説明したはずなんだけど……。心の中で、桐生は文句をこぼした。

夜の会議室。主に説教に使われる場所に、今日は珍しく良いニュースで呼び出された。が、呼び出してきたのは曾根崎部長である。褒められるにしろ、叱られるにしろ、この人とは顔を合わせるだけで疲労がたまる。

呼び出しの用件は『ナイト・キャッチボール』の重版について。桐生が出した企画では、初めての重版だった。

出版業界において、「重版」という言葉は大きな意味を持つ。売れ行きが良く、書店からの追加注文がくる人気商品――すなわち良書の証《あかし》なのだ。重版されたか否かで、その本の評価は天と地の差である。重版されない本は、いくら内容が良くても、市場からは消えていく運命にある。しかし、重版されれば出版社は販促に力を入れるので、その本はますます売れる。桐生の企画した『ナイト・キャッチボール』も、その「良書」の中に肩を並べることができたわけだ。

この日も桐生は、いつも通り残業に勤《いそ》しんでいた。そして、そろそろ帰ろうかと思っていた矢先、いきなり会議室に連行されたかと思ったら、仏頂面で「おめでとう」などと言われたわけだ。めでたさを微塵《みじん》も感じられない言い方だったため、新手の嫌がらせかと思ってしまったほどである。

だけど、重版は素直に嬉しかった。何と言っても、これは「文芸の『ブ』の字も知らない阿呆の戯言は聞きたくない」と断られてしまった、あの企画なのだから。内容を変えずに、別の著者に依頼することで、なんとか実現にこぎつけたのである。

重版される小説は、全体の三割程度。文庫本を除き、単行本に限定すればその半分だ。ようやく、その狭き門を突破できた。頭の堅い人たちに、何度けなされようとも。読者が認めてくれたのなら、それだけですべてが報われる気がした。

だから少し調子に乗って、いかにして「検定」を企画に活用したか、再び説明してみたわけだけど……。

「万が一それが本当なら、大したもんだけどな」

曾根崎部長の反応は相変わらずだ。この人は統計学を、科学ではなく占いと同じようなものと見なしているのではないか。返事の声が、氷みたいに冷たい。

「偶然当たったわけじゃないと言い切れるのか？」

「ですから、偶然かどうかを確かめる手段が、統計的仮説検定なのです」

言い方は違えど、同じ内容のやり取りを何度も繰り返している。仮に計算結果が二・一三一以下なら、「誤差の範囲」、すなわち偶然という結論になる——そう説明しても、分かってくれる気配がない。

さっきまでの嬉しかった気持ちも、徐々に薄らいでしまう。

「しかしなぁ、偶然ってのは、あくまで偶然なんだから、計算で分かるもんじゃないだろう？」

部長は、腕を組んで渋い顔をした。「偶然かどうか、計算で確かめる」という感覚が、どうもピンとこないらしい。

「天気予報みたいなものですよ」

桐生は仕方なく、ものすごく大雑把にそう説明した。不本意ではあるが、この鬼瓦みたいな顔の上司を納得させる言い方を、他に思いつかない。

「偶然性が大きな割合を占める事柄でも、ある程度は予想できるものなんです」

「ふぅん。そんなもんかね」

適当な返事。まったく伝わっていない気がするが、もう諦めるしかないだろう。そろそろ帰宅したいし。

チラリと時計を見やる。針は、夜の九時を指そうとしていた。

「疑《うたぐ》り深《ぶか》い。そう思っただろ？」

不意に、低い声で問いかけられて、桐生はビクッと肩を震わせた。嫌気がさしてきたのが、態度に出てしまったのだろうか。

「いえ、そんな……」

「いいんだよ、自覚してるからな」

慌てて否定したが、曾根崎部長は取り合ってくれない。口をへの字に曲げ、岩のような顔をして言った。

「その代わり覚えておけ。疑うことは、編集者の大事な仕事の一つだ」

いつも通り、偉そうな言い方だった。桐生が適当に頷くと、部長は席から立ち上がる。無愛想な後ろ姿を見せて、さっさと会議室から出て行ってしまった。

疑うことが、仕事の一つ。

何とも嫌な考え方だと、桐生は思った。

初版八千部に加え、五千部の増刷。

二千部、三千部といったチマチマした増刷が主流な中で、五千部というのは大きな数字だった。これだけ刷っても、売れ残ることはあり得ない。上役がそう判断するほど、『ナイト・キャッチボール』の売れ行きは好調だった。

勢いは、重版後も衰えることを知らなかった。自転車は、速度の遅いときにはフラフラするが、一度スピードに乗ったら安定する。それと似たようなものだ。最初の重版が決定してから二週間と置かずに、二度目の重版がかかった。

「もう三刷ですか？　すごいですね」

鴨宮さんは、元々大きな目をますます見開いた。ビー玉みたいにクリッとした目が二つ、興味深げにこちらに向けられており、なんだか照れる。桐生はさりげなく、視線を逸《そ》らした。

「やっぱり、統計で分析した成果ですか？」

「運もよかったよ」

「またまた。謙遜しちゃって」

「正直な気持ちさ」

そっけない口調を意識して、桐生は答える。そうしなければ、ひどく骨の抜けた声になってしまう気がしたから。

今回の重版は、運によるところも本当に大きい。予兆があったからといって、実際にブームが起こるとは限らない。いくつもの予想を立て、そのうち一つが当たればいい。実際、あてが外れてしまった企画も多い。つまり、まだまだ「数撃ちゃ当たる」の範囲からは抜け出せていないわけだ。

だからと言って、嬉しい気持ちが薄らぐわけではないのだけど。

「運も実力のうち、ですよ」

にっこり微笑んでそう言うと、鴨宮さんは先に立って歩き出した。ほっそりとした背中を眺めて、桐生は黙って、後から追う。ウェーブのかかった黒髪が、肩のところでフワフワと揺れている。紺のカットソーは、彼女の体をよりいっそう華奢《きゃしゃ》に見せていた。

ＪＲ桜木町の駅から、海へと向かう道。土曜の昼時とあって、道行く人たちは楽しげに笑い合い、そのせいか空気も温かだ。心なしか、カップルが多めな気がした。

念のため断っておくが、桐生と鴨宮さんは、もちろんカップルではない。

「北条先生の講演会が横浜で開かれる」と桐生が耳にしたのは、つい三日ほど前。「美しき数の世界」と題した、一般向けの内容らしかった。

北条先生は、鴨宮さんの担当作家。今夏には新刊を発売することも決まっている。だから当然の成り行きとして、彼女は勉強のために講演会に出席することになっていた。そこへ便乗して、桐生も同行したわけだ。編集とか作家とか、そんなことは関係ない。あくまで数学を愛する者として、個人的な好奇心が働いただけである。

講演会の内容は、なかなか興味深かった。桐生くらいになると、すでに聞き知った話題も多かったが、それでも、初めて耳にする知識に驚かされることもあった。きっと鴨宮さんにとっては、目からうろこの内容だったことだろう。

数学尽くしの二時間。土曜の午前から、うまい寿司《すし》でも堪能した気分だ。

だが、数式の世界に心地よく酔えたと思っていた矢先。不意に投げつけられた鴨宮さんの言葉で、講演会の余韻など、どこかへ吹っ飛んでしまった。

「先輩、横浜詳しいですか？　せっかく来たんだから、案内してほしいんですけど」

冗談なのか何なのか、瞬時には判断できなかった。かろうじて、「はあ」とかいう情けない返事をする。鴨宮さんは、おかしそうにクスッと笑った。

「あたし、『みなとみらい』って行ったことないんです」

そして、気付いたときには根岸線に運ばれて、桜木町に降り立っていたわけである。日本有数のデートスポット「横浜みなとみらい21」の、いわば玄関口だ。

桐生蒼太は正直に告白する。意識するな、というのは無理な注文だ。というか、こんな誘われ方をしたら、男なら誰でも「脈ありではないか？」と勘繰ってしかるべきだ。浮き足立って当たり前。

同時に、何かへまをしないか不安になってくる。こんな展開は予想していなかったから、自分が今、何を着ているかもあやふやだ。そっと視線を落とし、つま先から順に点検する。黒い革靴に、ズボンは濃いグレーのスーツ、そして空色のワイシャツ。

フォーマルと言えばフォーマルなのだが、土曜のみなとみらいという場に立つと、なんとも不恰好《ぶかっこう》に思えた。

けれど、そんな桐生の狼狽などはどこ吹く風。鴨宮さんはさっさと先に歩いて行く。パンプスの音を響かせながら、キョロキョロと視線をめぐらせている。左手にそそり立つランドマークタワーの方から、少し強めの風が吹き付けてきた。彼女の髪が、サッとなびく。

やはり、似ている。

彼女の後ろ姿を見ていると、桐生の心に、そんな言葉がふわりと浮かんだ。

「そんなに珍しい？」

背中から、桐生は声をかけてみた。鴨宮さんが振り返り、キョトンとした目をこちらに向ける。二、三度まばたきしてから、笑顔になった。

「あ、それもあるんですけど。お昼をごちそうしてもらう場所を、探しているんです」

あまりにも自然に、そんなことを言う。さも当然、といった言い草なので、桐生は突っ込みそびれてしまった。

彼氏同伴の女性というよりも……。先輩にたかる後輩か、あるいは兄を振り回す妹か。

勝手に期待して、肩肘を張っている自分が、なんとも浅はかに思えてくる。

「お昼ならこの辺りじゃなくて、中華街まで行った方がいい。『元町・中華街』が最寄り駅だね」

背後に置いてきた駅の方を指差して、桐生は言った。鴨宮さんが小首を傾げる。

「ここから遠いんですか？　歩けないくらい？」

「いや……、歩けなくはないかな」

歯切れ悪く答える桐生。けれど鴨宮さんは、対照的にはきはきと、明るい声を返してきた。

「だったら、少し歩きましょう。どうせ、時間をずらした方が空《す》くでしょうし」

五月の暖かい日差しが降る中で。鴨宮さんは、また先に立って歩き始めた。どっちが中華街なのか分かっていないくせに、やけに軽やかな足取りだった。


「実物を見ると、普通の観覧車ですね」

ランドマークタワーを背で見送った後。左手に堂々とそびえ立つ観覧車を見上げて、鴨宮さんは気の抜けるような感想を漏らした。

「そりゃそうだ。普通の観覧車だよ」

だから桐生も、身も蓋もないような言葉を返す。これでは横浜の名物も浮かばれないが、仕方がない。別に、観覧車自体が変わっていたり、面白かったりするわけではないのだ。オフィス街に隣接して、海を一望できる大観覧車がある。それがちょっと唐突で、だからこそ面白い。

名前は、たしか「コスモクロック21」。なんでもかんでも「21」をつければカッコいいと、世間が思っていた頃の産物である。

ちなみに、この「コスモクロック21」に関しては、横浜市出身のJ－POPのユニット「ゆず」が歌っている。歌詞の中で「花火みたい」と歌われている通り、ライトアップされる夜間には、横浜の夜景に添えられる花となる。

しかし、ファンの間では有名なこの曲「桜木町」は、紛《まが》うかたなき失恋ソング。女性といるときには、あまり思い出したくない歌なわけだけど……。昔からの「ゆず」ファンとしては、歌詞が常に脳裏をチラつくのを避けられない。

大きな観覧車
「花火みたいだね」って
笑った君の横顔
時間が止まって欲しかった

それに加えて、桐生にはもう一つ、否応《いやおう》なしに思い出してしまうことがある。

人に言ったら、それこそ、本気で笑いものにされそうだけど。

思い出を頭から振り払うように、桐生は視線をめぐらせた。建物の合間からは、すでに、横浜港が見え隠れしている。

「先輩の通ってた大学、この辺ですか？」

「まさか。同じ横浜でも、もう少し山の方だよ」

そう返しながら、桐生は苦笑する。こんなデートスポットど真ん中に大学があったら、恋人のいない学生は発狂するだろう。

「今日は、海がきれいだ」

目を細めて桐生が言うと、鴨宮さんも、海の方角に向かって背伸びをした。

「実は、しばらく海って苦手だったんです。大きすぎて、何考えてるか分かんなくて」

潮の香りを吸い込むように胸を膨らませてから、彼女は明るい声で言った。どういう意味か、桐生はしばし無言で思案する。けれど、寄せては返す波を見ているうちに、ようやくそれに思い当たった。

海そのものが押し寄せてきた、あの日。

「……そっか」

「あ、もちろん、今はもう平気ですよ。変に気を遣わなくても大丈夫です」

あっけらかんとして、鴨宮さんは言う。彼女は、直接の被害を受けたわけではない。それが、せめてもの救いなのかもしれなかった。

それ以上は何も言わずに、二人は港へ足を向ける。

「汽車道」と呼ばれる歩道――使われなくなった電車のレールが二本、地面に埋め込まれている――をしばらく行くと、急に視界が開けた。一気に強くなった潮の香りが鼻をくすぐる。鴨宮さんは髪を片手で押さえ、気持ちよさそうに息を吸った。

陽《ひ》を照り返す太平洋は、真珠をちりばめたように輝いていた。小さな船が、幾艘《いくそう》も行き来している。

「あれは？」

目を輝かせてキョロキョロしていた鴨宮さんが、今度は街の方を指差した。目で追うと、三角頭の塔をそびえさせた、レンガ造りの建物が見える。築二百年と言われても信じてしまいそうな、時代を感じさせる外観だった。

「なんだか、中世ヨーロッパって感じですけど」

「ああ、横浜税関だよ」

「税関？」

鴨宮さんは目を丸くした。

「あんな見た目で、お役所なんですか？」

驚きを隠そうともせず、彼女は言う。たしかに、あれはどう見ても歴史的建造物の類である。

何と説明すべきか迷って、桐生はしばし首をひねった。

「横浜は、日本で一番早く明治維新が始まった街の一つなんだ」

不思議そうに税関の建物を見つめ続けている鴨宮さんに、桐生は言う。

「世界中の人がこぞって集まったから……いろんな文化が混ざり合って、ちぐはぐな街になったんだと思う。港と観覧車、高さ三〇〇メートルのビル、中世ヨーロッパ風の建物、それから中華街」

説明しながら、桐生はぐるりと辺りを見渡した。建物だけではない。道行く人だって様々だ。若いカップル、サラリーマン、女子高生らしき一団、子連れ、老夫婦、外国人のグループ……。

一八五九年六月二日。アメリカ、オランダ、ロシア、イギリス、フランスに対して通商が許可され、世界に向けて開かれたとき、この場所はまだ横浜村と呼ばれていた。それが、この日を境に、名実ともに日本の玄関口へと急成長していくわけだ。

事実、幕末における貿易のおよそ八割は、ここ横浜で行われることになる。結果、文化という文化が競い合い、共存し合う奇妙な街が生まれ出た。

日本でありながら、異国情緒すら感じる雰囲気。そのただ中を、二人は歩く。

「ちぐはぐかもしれないですけど……、何と言うか、魅力的ですよね」

海風の中をフワフワと舞い歩きながら、鴨宮さんは歌うように言った。

「異文化同士がつながり合って、パッチワークみたいで」

「パッチワーク、か。たしかに言われてみれば、そんな気もする」

桐生は、小さく笑った。周囲の建物は、石とレンガと高層ビル。足元は石畳と木とコンクリート。風には潮の匂いと汽笛の音、そして無数の自動車のエンジン音。西と東どころか、過去と未来までひっくるめて、あらゆる文化がひしめき合い、つながり合っている。これがパッチワークなら、ずいぶんな大作である。

ちぐはぐな街を吹き抜ける、ちぐはぐな風をその身に受けて、鴨宮さんは気持ちよさそうに目を閉じていた。髪をなびかせ、そっと口を開く。

「理系と文系も、異文化なんでしょうか？」

唐突な問いかけだった。とっさに、うまい返事を思いつかず、桐生はただ曖昧な言葉を並べてみる。

「どうだろう？　そうとも言えるのかな？」

「きっとそうですよ。だったら力を合わせれば、横浜の風景みたいに、ステキな何かが創れると思いませんか？」

心底楽しげに、鴨宮さんは言う。桐生はしばし、その笑顔に見惚《みと》れていた。

純粋な理系と、純粋な文系。両者の間を分かつ壁を取り払い、手を取り合うことができたならば、どんなに良いだろう。彼女の言う通り、唯一無二の「何か」を生み出すことができるかもしれない。そう、この横浜の街みたいに。

けれど、両者の隔たりが見た目以上に大きいことも、桐生は知っている。痛いほど、知っている。

「あっ……」

不意に鴨宮さんが声を上げたので、桐生は思考を中断した。見ると、彼女は海とビル群との境目に繁茂する、豊かな緑を指差していた。

「もしかして、あそこに見える公園って……」

「うん」鴨宮さんの指し示す方向を見て、桐生はそっと頷いた。「山下公園だ」

「やっぱり」

嬉しそうにはにかんだかと思ったら、鴨宮さんはもう早足で歩き出していた。少しだけ遅れて、桐生も行く。

みなとみらいの街は、デートに最適だ。歩いているだけでいろいろなものが目につくから、会話に困ることがない。だけど同時に、右を向いても左を向いても、忘れた方がいいことまで思い出させてくる街だ。少なくとも、桐生にとっては。

山下公園。

大学時代の彼女とも、よく二人で歩いた場所である。

これも観覧車と同じ。造りが変わっているわけではない。だけど、目と鼻の先に広がる海が、この公園を特別なものにしていた。芝生のところを大型犬が、飼い主を半ば引きずるようにして無邪気に駆け回っている。その向こう側、海に沿って延びる遊歩道では、若いカップルやちょっと年のいった夫婦たちが、のんびりのんびり歩いている。

俺も、かつてはああして、幸せそうに歩いていたんだな。

心の中でつぶやいて、桐生は自嘲気味に笑った。絶えず聞こえるカモメの鳴き声が、なんとも心を締めつけてくる。こんなことではいけないと、分かっているのに。

自分も、今年で二十七歳だ。社会人としてはまだまだこれからだけど……男女のことでいったら、もういい年である。多くの友人が、すでに結婚した。中学時代の同級生なんて、すでに二児のパパだったりする。それなのに自分は、いつまでも大学時代の失恋なんかを思い出している。

過去は、桐生なんかにどうこうできる相手ではない。それならば、思い出は捨て置き、現在と取っ組み合うのに時間と労力を使った方が、よっぽど建設的だ。

そう、頭では分かっている。

それなのに、俺の前を楽しそうに歩いている、あの人はどうだ。異動の日、俺はあの人を見て、真っ先に何を思ったか。

懐かしい、と思った。

やっぱり俺は、過去の影を追い求めているだけではないか。

そんなことをしたって、何も変わらないことくらい、分かっているのに。

非合理的な行いばかりする自分に、どうしようもなく腹が立った。

「難しそうな顔してますね？」

不意討ちだった。前触れもなく、これまで海ばかり眺めやっていた鴨宮さんが、顔を覗き込んできた。慌てて仰《の》け反《ぞ》る。ひっくり返るのだけは、かろうじて避けられた。

彼女は、そんな桐生の反応にも、特にあきれる様子はない。

「何かお悩みでも？　仕事のことですか？」

「まあ、そんなところだね」

反射的に、嘘を吐いた。けれど、まずかったかなと、桐生は一瞬経ってから後悔した。どこの世界に、仕事のことを考えている男性と二人で、山下公園を歩きたい女性がいるというのか。だけど鴨宮さんは、心底感心した、と言わんばかりの表情を桐生に向ける。

「先輩は本当に、仕事への情熱がすごいですね」

そんなことを言いながら、指先で髪をクルクルと巻く。

芝生から遊歩道に降り立つと、海が一段と近く見えた。いや、近いどころではない。柵を一つ隔てた先に、紛れもなく太平洋が広がっている。元が港だから、砂浜すらない。海と陸とが0と1みたいに絶妙な距離感で隣接している。

「あたし、けっこう悩んでたんです。あの事件がきっかけで」

吹き抜けた海風に、そっと乗せるような声で。鴨宮さんが、ふと口を開いた。

「あの事件？」

「ほら、立花さんのお子さんが熱を出した日……」

「ああ、あれか」

やや遅れて合点して、桐生は頷く。立花さんが、理不尽な理由で無理やり出社させられた事件。たしかに桐生にとっても、非常に胸糞《むなくそ》の悪い出来事だった。けっこう時間が経ったけれど、いまだに、思い出しただけで腹が立つ。

「人間がルールに縛られて、歯車として使われてる。まさにブラック企業じゃん、って思って。しかも、それが分かってるのに、あたしには何もできなくて。ホント、落ち込んじゃいましたよ。ルールって、人が楽をしたり、もっといい仕事をするためのものなのに」

彼女はそう言うと立ち止まり、体を真っ直ぐに海へ向けた。桐生も合わせて、足を止める。海は、人間たちの悩み事になどまるで頓着せず、静かに波を立てている。低い空を、カモメが行き交う。

「こんなふうに、何かに縛られたり、追い立てられたりしながら、人の心を動かす本なんてできるのかな、って……。そう思ったんです」

カモメたちの鳴き声をかき分けるように、鴨宮さんの声が耳に届く。

「でも、先輩のやり方を見てたら、大きな流れに乗るのも、逆らうのも、自分次第なんだなって思えたんです」

振り返って、微笑んだ。その笑顔を、桐生は「どこか」で見たことがあった。

――蒼太の物の見方って、面白いよね。

心の底の方を、ほのかに温めてくれた声。かつて桐生を支えてくれたその声が、ふっと耳元によみがえる。

どこか、ではない。ここだ。あの人もこの山下公園で、海を背にして桐生に笑いかけた。

胸が、ギュッと締めつけられたかのように苦しくなる。

失礼だ。

心の中で、桐生は自分自身を叱りつけた。

彼女にも。今、目の前で笑ってくれている鴨宮さんにも。

「先輩。『編集者十年説』ってご存じですか？」

「なんだよ、それ？」

ちょっと狼狽しながら、桐生は聞き返す。初めて聞く言葉だった。鴨宮さんは、転落防止の柵に寄りかかりながら、人差し指をスッと立てる。

「一人の編集者のセンスが、ぴったりと世間の需要に一致する期間は、たった十年間しかないっていう説です。その期間が過ぎちゃうと、売れると思った本が売れなかったり、売れてる本の良さが分からなかったり……世間と感覚がズレちゃうらしいんです」

「へぇ……」

急な展開に戸惑いつつ、桐生は相槌を打った。話の流れはてんで読めないが、十年というのは相当短い、ということだけは分かる。下手をすると、プロスポーツの選手寿命よりも短いのではないだろうか。

時代は移り変わる。こちらの都合など考えず、恐ろしいスピードで。ここ十年だけでも、インターネットが急速に普及して、文芸の世界にも影響を与えた。前に鴨宮さんが教えてくれた、ネット上に原作を持つ小説たち。

そして、次の十年にはいったいどんな変化が待ち受けているのか、桐生にも想像がつかない。

「あたしもいつか、自分のセンスが古くなっちゃう時期が来るのかなぁ、とか、ちょっぴり不安だったんですけど……。でも、先輩みたいに仕事すれば、そんな心配なさそうですね」

「ん？　それまたどうして？」

眉をひそめる桐生。鴨宮さんは、海と空の青をバックに、おかしそうに笑った。

「だって先輩、全然センスとか勘に頼らないじゃないですか」

「そりゃあ、センスも勘もないからだよ」

「同じことです。自分のセンスよりも、読者を優先してる。それって、簡単にできることじゃないですよ」

そういうものなのか。いまいち実感がなくて、しきりに頷く鴨宮さんに向かって、桐生は曖昧に首を傾げる。鴨宮さんは、体をそっと、くの字に曲げて、上目遣いでこう言った。

「あたしも、先輩を見習って頑張りますね。常識とか風潮とか、そういうのを取り払って考えられるように」

後ろを振り返ってばかりの自分が、恥ずかしくなるくらいに。真っ直ぐ前に向かって放たれた言葉だった。

桐生は軽く頭を振った。付きまとう思い出を振り払うように。心と体を、今に引き戻すために。

「おう。それなら俺も、見習われるよう頑張るよ」

桐生は笑って、そう言った。鴨宮さんは、ひらりと身をひるがえして、また前に立って歩き出す。

「さあ、行きましょう。きっと、そろそろお店もお腹《なか》も空く頃ですよ」

そのひと言に、思い出したように腹が鳴って、桐生は苦笑した。

山下公園を抜ければ、中華街はもう目の前だ。


「それって、つまりデートじゃねぇか」

もぐもぐと口を動かしつつ、嵐田は妬《ねた》ましそうに言った。いつも通り、行儀の悪い男である。

露骨に嫌な顔をして、桐生はサバの味噌煮《みそに》を箸でほぐした。

「よりにもよって、あのカモちゃんと。なんて羨ましい野郎だ」

「そうか？　仕事帰りに少し寄り道しただけだぞ？」

「十分じゃねぇかよ」

乱暴な口調でそう言うと、嵐田は茶碗《ちゃわん》をわしづかみにし、ご飯を一気にかき込んだ。ゴミ収集車みたいな食べ方だと、桐生は思った。はたして、味は分かるのだろうか。

「しかもその後、中華街で飯も食ったわけだろ?」

「あれは、『ナイト・キャッチボール』の重版祝いだ」

「だが、金はお前が払った。違うか?」

違わない。答える代わりに、桐生は肩をすくめた。サバを白米に載せ、一緒に口に運ぶ。うん、うまい。

この定食屋に入ってから、ずっとこの調子が続いている。昼のピーク時間帯ということもあって、店員が右に左に動き回り、辺りは会話がかぶさり合って騒がしい。そのざわめきの波をかき分けるようにして、嵐田の尋問が次々と浴びせられる。

何かいいことでもあったのか。そんな何気ない問いかけに、何気なく応じてしまった十五分前の自分を、とにかく張り倒したい気分だった。

「羨ましい限りだなぁ。仕事も恋愛も上り調子で」

「それは分かったから、飲み込んでからしゃべってくれ」

もごもご言っている嵐田を横目で見て、桐生は顔をしかめる。嵐田は、口にご飯を入れたまま「おお、悪い」と謝った。

嵐田に「羨ましい」などと言われても、まったく嬉しくない。

けれど、今まさに、自分が上り坂を駆け上がっているということは、実感できていた。

『ナイト・キャッチボール』の重版が決まって以降、お堅い曾根崎部長も、少しは認めてくれたような気がする。まだ、分析結果を信じてくれる、とまではいかないけれど。今までのように、頭ごなしに否定することは少なくなった。現金なものだ。

それに、恋愛――そう呼んでいいのか、桐生にはまだ分からないが――の方も、何かが始まりそうな予感がする。好きな子と目が合っただけで喜ぶような、うぶな中学生と同レベルなのかもしれないが……。それでも、目が合わないよりはずっとマシというものだ。

徐々に、徐々に。「自分の進む道」が見えてきた。

もちろんそれは、隣で米をガツガツむさぼっている、この悪友の協力もあってのことなのだ――。

「それに、聞くところによると」

ゴクン、と大きく喉を動かしてから、嵐田は気楽な調子で言う。

「カモちゃんは、最近彼氏と別れたばっかりらしいじゃねぇか」

あまりに不意討ちすぎて、おかげで桐生は箸を取り落とすところだった。ひと呼吸置いてから、問い返す。

「そんなこと、誰に聞いた?」

「へっ、営業の情報網を舐めるなよ。本気でカモちゃんを狙うんだったら、協力してやらんでも……」

「誰に聞いた？」

警察の尋問のごとく、桐生は無感情に繰り返す。余計なことを言うと、こいつをつけ上がらせるだけである。

「マジになんなって。立花さんだよ。あの人、その手の話が大好きなんだ」

肩をすくめて、嵐田は素直に答えた。立花さんか。たしかに同じ部署だし、なおかつ同じ女性社員なのだから、知っていても不思議はない。しかし、それのどこが「営業の情報網」なのか。

「二年くらい続いてたらしいけど、喧嘩《けんか》別れだってよ。良かったじゃねぇか、いいタイミングで」

「他人の不幸を喜ぶ気にはなれないな」

「そういう意味じゃねぇよ」

コップにお冷を注ぎつつ、嵐田はあきれた口調で言った。

「別れたからラッキーとか、そういう低次元な話をしてるわけじゃねぇ。ガキじゃあるまいし。いいか、人生のすべてはタイミングなんだ。その点、お前は恵まれてるって、そういうことを言いたいわけよ」

言い終えると、彼はお冷を一気に飲み干した。桐生は、残った白米をもぐもぐと噛み締める。

舌の上に、ほんのりと甘みが広がっていく。

コイツはコイツなりに、背中を押そうとしてくれているわけか。意外と世話焼きなところもある。ただ、嵐田にもしばらく彼女がいないわけだから、まずは自分の世話をすべきである気もするが。

……一応、礼でも言っておくか。

「それで、色男の蒼太クンは」桐生の頭の中など見当もつかない様子で、悪友は言う。「当然ここの勘定も持ってくれるんだろうね」

「調子に乗るなよ」

げんなりとして、桐生はため息を吐く。

やめた。礼を言うとしても、また今度にしよう。

それに、本当に鴨宮さんにアプローチすべきなのか、桐生自身にもまだ分かっていないのだ。慌てることはない。しっかりと、見極めるべきだ。良いタイミングで、良い流れが来ているとしても、それに身を任せているだけでは、きっと足をすくわれる。

桐生は漠然と、そんなふうに思っていた。

少なくとも、このときまでは。


自分の食べた分だけきっちり支払いを終えた桐生は、ぶつくさと文句を言う嵐田とはさっさと別れた。近くの本屋の文芸書コーナーをひと巡りしてから、夏木出版に戻る。

編集部内に流れる不穏な空気に気付いたのは、そのときだった。

足を踏み入れた瞬間、息が詰まった。みんなそれぞれ机に向かってはいるが、なんとなく、どこか他の場所に神経を注いでいる感じ。ひっそりと息を詰め、何かを窺い合っている雰囲気。

どうせ、また曾根崎部長の虫の居所が悪いのだろう。そんなふうにタカをくって、桐生は自分のデスクに戻りかけた。

だけど、違った。

「……はい、申し訳ありません……」

桐生が椅子に腰掛けると、向かい側の席から、怪我《けが》をした仔犬《こいぬ》の出すような、ひどく弱々しい声が聞こえてきた。とっさには、声の主が分からない。だが、冷静に考えると、桐生の正面に座っている人といったら一人しかいない。

「……はい、もちろん、先生のおっしゃることはごもっともなのですが……はい、はい……申し訳ありません……」

鴨宮さんが、ひどく縮こまりながら、受話器に向かって謝罪を続けていた。

著者の小言を聞いているのか。桐生はようやく、そう気が付いた。

小説家というのは、性格も千差万別である。中には気難しい人間も少なからずいて、クレームの電話をかけてくることも珍しくない。表紙のデザインが気に食わない。文章に手を入れられるのが許せない。果ては、新聞広告の文面が納得いかない、など。数々のいちゃもんは、挙げ始めたらキリがない。

いちゃもんの大半は、客観的な意見とは言い難く、たいていは一時的なものだ。台風みたいなものだと思えばいい。ひたすら謝り、向こうが冷静になるのを待つ。それが最善策。

だからこのときも、おそらく十分もすれば相手の怒りも収まって、何事もなく日常が再開するのだろう。そんなふうに、楽観的に考えていた。

だが、今回はどうも様子がおかしい。

桐生がデスクに戻ってから十五分以上経っても、まだ電話が終わらない。クレーム対応には慣れているはずなのに、鴨宮さんの声はひどく疲れているようにも聞こえる。そして何より、文芸編集部内の空気が、いつになく重たく、なんとなく息苦しい。

桐生にその理由を教えてくれたのは、立花さんだった。

「昼休み前から、ずっとあの調子らしいのよ」

桐生が席を立った折に、さりげなく近寄ってきた立花さんは、小声でそう囁いた。桐生は「えっ⁉」と声を立ててから、慌てて口元を押さえる。

十五分どころじゃない。桐生が昼食を食べに出る前から、ずっと謝り続けていたというのか。席を立つときには、まったく気に留めなかったけれど……。

「いったい、電話の相手は誰なんです？」

「北条先生みたい」

例の数学小説の著者か。というか、この前、講演会に行ったばかりである。

立花さんは、その後も小声で、彼女の知っている限りの状況を教えてくれた。

よほどの大御所作家でない限り、著者が最初に書き上げた文章が、そのまま本になることは少ない。たいていの場合、まずは「第一稿」として提出されたものに対し、編集者が意見を述べる。この意見を踏まえた上で、著者が改稿を行い、最終的な完成形に仕上げるのだ。これが、いわゆる「脱稿」。

彫刻家が石像を彫る際、まずは大まかな形に切り出してから、徐々に細部を整えていくように――改稿は、小説という芸術作品に命を吹き込むための、大切な過程である。

そして例に漏れず、鴨宮さんは北条先生に改稿を申し入れた。プロットの一部を変更せざるを得ないような、大きめの改稿だったらしい。もちろん鴨宮さんは、そうすることで作品の魅力が何倍にも引き出せると、信じてやまなかったはずなのだが……。

結果的に、北条先生のプライドを傷つけることとなった。

「そんなの、改稿が必要な文章を書くのがいけないんじゃないですか。初めから完璧な小説なんだったら、こちらも何も言わないのに」

「それはそうなんだけど……、著者に向かってそんなこと言えないでしょ？」

もっともだ。こちらは原稿を依頼している立場だから、どうしても下手に出なくてはならない。桐生は、チラリと鴨宮さんの方へ視線を投げた。電話は、まだ続いている。

独りよがりで安っぽいプライドなど、何の価値もない。そう言って切り捨てられたら、どんなに楽か。何もできない歯痒《はがゆ》さに、桐生は静かに唇を噛んだ。


結局、その後も電話は三十分ばかり続いていた。電話の内容を曾根崎部長に報告する鴨宮さん。聞こえてくるやり取りから、北条先生は改稿を嫌々ながら承知した、ということは何となく分かった。けれど、それを説明する鴨宮さんの声には、なんだか張りがないように思える。あれだけ長い間、したくもない謝罪を続けたのだから無理もない。

そしてどうやら、悪いことというのは重なるものらしい。

「……はい、申し訳ありません……」

北条先生との長電話から、一週間ほど経った頃だった。桐生が、デザイナーとの打ち合わせを終えて会社に戻って来ると、また、蚊の鳴くような謝罪の声が聞こえてきた。言うまでもなく、鴨宮さんである。

まさかまた北条先生か、とも思ったが、話の雰囲気からは、どうやら別の人物のようだった。第二のクレーマー登場、というわけか。

「曾根崎部長、失礼します」

電話を終えた鴨宮さんが、例によって部長のところへ報告に行く。曾根崎部長は、露骨に面倒くさそうに顔を上げた。

「イラストレーターの笠井《かさい》さんですが、描き直しに応じるかどうかは、少し考えさせてほしい、ということでした」

「『少し』ってのは、具体的にどれくらいだ？　一時間か？　それとも一日か？」

「いえ、そこまでは……」

あからさまな舌打ち。部長はいつも通り、自分の不機嫌を隠す気はなさそうである。

メールの返信を打つフリをしながら、桐生は耳を傾ける。描き直し、イメージと違う、納得しない……。言葉の断片が、痛々しい声に乗って桐生の耳を打つ。

察するに、イラストレーターの描いてきたイラストが、こちらの要望とズレていたらしい。しかも、やむを得ず願い出た描き直しも、断られるかどうかの瀬戸際だとか。

どうしてこの業界には、ハリボテのプライドを振りかざす連中が多いのだろうか……。

「主人公は、スポーツが得意な男の子ですから……。もう少しがっしりした感じで、と何度も説明したのですが、納得してもらえず……」

「いずれにせよ、カバー入稿は間に合いそうにないな」

声を落とす鴨宮さんに、部長は容赦なく言葉のつぶてを投げつける。

「ったく。印刷所が待ってるってのに。いくらなんでも段取りが悪すぎるぞ。何年編集者やってんだ」

トゲトゲした声が、第三者である桐生の胸にもチクチクと刺さる気がした。立ち上がろうとする両脚を、何度なだめたことか。鴨宮さんが理不尽な板挟みにあっている姿を、黙って見ていることしかできない。それが、なんとも情けなかった。

鴨宮さんは、ひとしきり部長に頭を下げた後、とぼとぼとデスクに戻って来た。深呼吸の音が、数回聞こえる。
ピ、ピ、ピ……
静まり返った編集部の中に、ダイヤルのプッシュ音が無遠慮に響く。ほとんど休む間もなく、鴨宮さんが電話をかけた先は……印刷所。

「いつもお世話になっております！」

すぐに作り物と分かる、〝見せかけの〟明るい声。外側を必死で塗り固めた、空洞のような声だった。その中身のない響きが鼓膜を揺さぶるたびに、桐生は、胸を締め付けられる思いがする。

自分にできるのは、せいぜい祈ることくらいだ。せめて印刷所の担当者が怒りださないように。そして、これ以上の理不尽が、この罪なき女性の身に降りかからないように……。

しかし、現実はあまりにも非情だった。

鴨宮さんの声に重なるようにして、甲高いコール音が鳴り響く。嫌な予感がして、一瞬だけためらったが、結局、桐生は電話を取った。

すぐさま、受話器の向こうから、無機質な声が告げてくる。

「北条ですが。鴨宮さんはいますか？」

本当に、悪いことというのは重なるものらしい。電話を今すぐ切ってしまおうかと、本気で考えた。


鬱々とした空気が天にも伝わったのか、それとも単なる季節の問題か――北条先生から二度目のクレームがあった直後、梅雨に入った。しとしとと切れ間なく降る雨は、例年よりもしつこい気がする。ぐずつく天気が一か月は続き、ようやく梅雨明け宣言がされた後にも、すっきりとしない雰囲気だけは、なんとなく残った。

七月。イラストレーターともめていた本は、表紙の描き直しにしぶしぶ同意してもらい、なんとか予定通りに刊行までこぎつけた。だが、北条先生との関係は、相変わらず思わしくないらしい。連日、電話やメールでクレームが舞い込む。主に「改稿のせいで、バランスが崩れてしまった」などという文句である。文章力の問題である気がするのだが、もちろん、そんなことは口が裂けても言えはしない。

おそらく、腹いせに鴨宮さんを責めたいだけなのだろう。

鴨宮さんの机の周りだけ、いっこうに梅雨明けの気配がない。

「天気がいいのもけっこうだが」

眉間にことさらしわを寄せ、曾根崎部長は鬼瓦みたいな顔をした。額から顎にかけて、滝みたいな汗が滴っている。

「こう暑いと、逆に、ひと雨降ってほしくなるな」

「まったくです」

そう答えて、桐生は額をハンカチで拭った。この人と意見が合うというのは、珍しいことだった。どうやら鬼の曾根崎も、大自然には敵わないらしい。

著者との二時間に及ぶ打ち合わせが、ようやく終わったところだった。クーラーのきいた著者の事務所と、熱気の逃げ場がないコンクリートジャングル。その温度差は、暑さ寒さに強い桐生でも、さすがに応えた。

「おい、そこで涼んでいくぞ」

そう言って鬼が指差す先には、一軒の喫茶店。チェーンではなく、個人経営のようだった。木製の造りとか、少しくすんだ看板とかに、なんとなく昭和っぽい雰囲気が漂っている。

部長と二人で喫茶店など嫌で仕方がなかったが、彼の顔を止めどなく流れる汗を見ると、とても断れそうにはなかった。上司を干物にしてしまわないためにも、桐生は仕方なく、先に立ってドアを開く。カランカラン、とベルの音がして、冷たく心地よい空気がサッと頬をなでた。

店内には、そこそこの人数が入っている。多くがワイシャツ姿のサラリーマンだった。

「はあ、落ち着く」

テーブル席にどっかりと腰を下ろすなり、部長はおしぼりで顔全体を満遍なく拭った。そして、桐生が何か言う前に「アイスコーヒー二つ」と勝手に注文してしまう。

いろいろ言いたいことはあったが、グッとこらえる。正面に自分勝手な鬼が座っていたとしても、店内が快適なことに変わりはなかったから。肌の表面を覆っていた熱が、きれいに取り払われていくようだった。

「あの著者は、どうも扱いにくそうだな」

運ばれてきたアイスコーヒーを、半分ばかり一気に飲んでから、部長は言った。あの著者、というのは、先ほど打ち合わせをした相手のことだろう。

桐生は何も答えず、ただストローを吸っている。コーヒーが胃に落ちたおかげで、体の中が少しずつ冷えていく気がした。

「自分の書きたいようにしか書きたがらないタイプだ。舵《かじ》取《と》りを、こっちでしっかりせにゃならんな」

部長の横柄な言葉が続く。桐生は、ちょっと眉をひそめた。

「でも、あまり干渉しすぎると、先生の個性を抑制することになりませんか？」

自然に湧いてきた疑問として、桐生はそう口にしていた。忠告とか、批判とか、そういうつもりは毛頭ない。けれど曾根崎部長は、いつもの不機嫌な顔になる。

「ったく、分かっとらんな。こっちが書かせたいものを書かせる。その誘導は、編集者の大事な仕事だ」

「誘導、ですか」

「ああ。どうした？　何か不満か？」

「いえ……」

言葉を濁す桐生。それが気に入らなかったのか、部長はこれ見よがしに、大きく深いため息を吐いた。

意見の対立も、部長の態度も、いつものことだ。いちいち気にしていたら仕事にならない。今回も、また適当に話を合わせておこう。

そう思った。けれど、次の部長の言葉を聞いたら、そういうわけにもいかなくなった。

「甘っちょろい考え方でいると、鴨宮みたいなことになってしまうぞ」

唐突に出てきた、彼女の名前。心臓が、ぴょん、と跳ねるのが自分でも分かった。

どうしてここで、鴨宮さん？

そう口に出す前に、部長のとげとげしい言葉がなおも続く。

「書かせたいものをはっきりと主張しないで、曖昧な依頼をするから、著者やイラストレーターの意見に負けてしまうんだ。あんな仕事ぶりではいかん」

「あの人も頑張っています。あまり責めないであげてください」

「あ？」

部長の眉間に、古木の幹のようなしわが刻まれる。だが、だからと言ってここで退《ひ》くわけにはいかなかった。

個人的な想いだけではない。客観的に見ても、彼女は十分に努力しているはずだった。そして、そのせいで疲れがたまっている。

つい昨日だって、彼女の疲れが見て取れる出来事があった。夜の十時過ぎ。残業のため、編集部に二人だけで残って仕事をしていたときのことだ。

すでにゲラを読み終えていた桐生は、終電までの時間をデータの解析にあてていた。あいにく、嵐田は関西に出張中。一人パソコンに向かい、統計ソフトにデータを打ち込む。

頭の奥がジンジンと痛かった。通常業務だけでも、残業は一か月トータルで百時間ほどになる。その上で、データ分析にも時間を割こうというのだから、もしかしたら正気の沙汰ではないのかもしれない。

だが、『ナイト・キャッチボール』のヒットを機に、「理系文芸同盟」の活動がようやく実を結び始めている。ここが、いわば正念場だ。頭痛をこらえつつ、桐生は自分にそう言い聞かせた。

「あ、そうだ、鴨宮さん」

入力の手を止めて、桐生は正面のデスクに向かって声をかける。

「えっ？」

唐突だったからか、鴨宮さんは少し驚いたようだった。桐生は、椅子から腰を上げて言葉を継ぐ。

「ああ、急にごめん。前に質問してくれたことだけど」

「えぇっと、なんでしたっけ？」

「ほら、ＯＬのこと」

しばしの間、どうにもピンとこない様子だったが、数秒経ってから、鴨宮さんはようやくハッと口元を押さえた。

「あ、そうでした。すみません。うっかりしてて」

「いや、いいんだよ」

顔の前で、軽く手を振る桐生。しかし、口ではそう言ったものの、やはり引っかかった。普段の鴨宮さんは、人に頼んだことを忘れるような人ではない。

「やっぱり、鴨宮さんの仮説、当たってるみたいだ」

感じ取った違和感がおもてに出ないよう意識しながら、桐生は口を開く。

「検定してみたら、このテーマに統計的に有意な差が出ている。つまり、他のテーマよりも明らかに売れ行きがいいってことだ。今ＯＬが主人公の本を出せば、きっと売れやすい」

自信を持って、桐生は断言する。自分のためのデータ分析をしながら、ついでに検定しておいたのだ。彼女が企画を立てる際に、少しでも役に立つと信じて。

「ありがとうございます」

桐生の手から資料を受け取って、鴨宮さんはぺこりと頭を下げた。だけどなんだか、口調が事務的に思えた。気持ちというか、生気というか、そういったものが感じ取れない。

よっぽど、疲れているのだろう。

すぐにデスクワークを再開する彼女を見つめ、桐生は思った。

だから、今日——喫茶店のテーブルの向こう側に座っている、部長にも分かってもらわねばならない。

彼女は努力しているが、同時に疲弊している。今、彼女に必要なのは、後ろから叩いて無理やり走らせることではなく、精神的な休息なのだ。それを周囲が分かってやれなければ、彼女はこの悪循環から抜け出すことはできないだろう。

「度重なるクレームで、彼女は疲れ切っています。その上で社内でもプレッシャーにさらされていたら、まともな仕事なんてできるはずがありません」

桐生は、半ばムキになって主張した。

「原稿の改稿も、イラストの描き直しも……みんな相手側が原因じゃないですか。もう少し、寛容に接してあげてください」

「違うな」

まくし立てる桐生の言葉を、強制的に遮るように。冷たい調子で、部長が言った。

「鴨宮が甘いんだよ」

あまりにも断定的な言い方だった。その凄《すご》みに気圧《けお》され、桐生は二の句が継げない。

「編集者は、憎まれ役にならねばならない」

岩のような顔をして、部長は腕組みをする。

「イラストを依頼するなら、こっちが描いてほしいのがどんなイラストなのか、イメージを伝えなくちゃならない。必要とあらば、しつこいくらいに繰り返し、な。向こうが描きたいものなんて描かせたらいかん。主導権は編集者が握る」

「主導権、ですか」

桐生がつぶやくように言うと、部長は「そうだ」と深く頷く。

「イラストレーターだけじゃない。デザイナーも、校正者も、印刷会社も、同じようにこっちの意向に従わせる。優れた編集者は口うるさい。嫌われるが、だからこそ一貫した本が出来あがる」

曾根崎部長は、そこまで一気にしゃべった。それから一拍おいて、「ただし」と念を押すように付け加える。

「著者にだけは嫌われるとまずい。原稿がなければ、本作りは始まらないからな。さっきも言ったように、機嫌を損ねないよう上手にだまくらかして、誘導する」

だまくらかして、誘導する。

目眩《めまい》と、軽い吐き気が同時に襲ってきた。

これが、この鬼部長が二十年以上の編集歴で学んだことなのだろうか。

自分自身の信念と、他人の声とが混ざり合い、頭の中がぐちゃぐちゃと混乱する。何が普通で、何がおかしいのか。その基準だと思っていた境界線が、見る間にグニャグニャと折れ曲がってしまう。

そして不意に、嵐田がいつか言っていた言葉が、フッと浮かび上がってきた。

――ビジネスマンは、多かれ少なかれみんな詐欺師だよ。

間違っては、いないのかもしれない。清廉潔白を貫いていたら、他社との競争で出し抜かれるのがオチだ。本音と建前は使い分ける。宣伝は最大限に誇張する。著者は上手に誘導する。

けれど、その先にいったい何があるというのだろうか?

「それでは、部長は……」耐え切れなくなって、桐生はついに尋ねた。「何を目指して、編集の仕事をしているんですか？」

声が震えている。怒りのせいだと思う。けれど、何に対する怒りなのかは、漠然として分からない。

部長は、少し言葉を選ぶように黙ってから、シートに深く座り直した。

「……溢れ出る熱意に従ってんだよ」

どうして分からない、とでも言いたげな……相も変わらず、偉そうな口調だった。

「こういう本を作りたい、っていう熱意が、腹の底から湧き上がって来るんだよ。何事も、熱意がなければ三流だ」

「熱意……」

桐生はその単語を、口の中で転がしてみる。

美しい言葉だった。けれど、今の桐生には、その裏に隠された醜い部分を透かして見ることができた。

この人は、「熱意」という旗印のもと、主観的、あるいは身勝手とも言える振る舞いをしている。熱意は、欲望と同じだ。自分に都合のいい結論を得るために、都合のいい数字だけを提示して……。それで「売れそうにないから」って理由をつけ、著者が書きたいものや、イラストレーターが描きたいものを歪めてしまう。

しかも、出来あがるものは「読者が読みたい本」ではなく、ただただ「編集者が作りたい本」。この男の欲望を具現化した本。

そんなものは、編集者のエゴじゃないだろうか……。

「……編集者十年説」

心の中でつぶやいたつもりが、思わず、声に出してしまっていた。案の定、部長は怪訝な顔で「あ?」と聞き返してくる。

だから桐生は、その言葉を投げつけた。我慢するというのにも、限度がある。

「あなたの十年が過ぎてしまったら、どうするおつもりですか？　つまり、あなたの作りたい本が、読者に受け入れられなくなってしまったら……」

「知ったような口をきくなっ！」

桐生の言葉の途中で、部長は厳しい口調で割って入ってくる。店内の視線が、一瞬だけこちらに集中した。

「誰も敵に回さず、一つの嘘も吐かず、万人に受け入れられる本作りをする。ああ、そうだ。聖人君子だったら、そういう生き方をするだろう。だがな、常に正しく生きようとしたら、一日が二十四時間では足りん。手足が二本ずつで、頭が一つしかない人間である限り、どこかで見切りをつけなきゃやってられん」

見切りを、つける……。

怒りのあまり、桐生は震えた。

身勝手な理屈を振り回す曾根崎部長に対して。そして、何も言い返すことができない自分自身に対して。桐生は怒った。

「お前は独身だったな。恋人はいるのか？」

顔を不機嫌そうに歪めたまま、部長が問いかけてくる。

「おい、どうなんだ？」

このまま無視してやろうかとも思ったが、あまりにしつこいので、結局、桐生はぶっきらぼうに答えた。

「……いいえ、いません」

「やっぱりな。考え方が青二才なんだよ、お前は」

嘲笑うような声だった。テーブルの下で、自然と拳が固まっていく。それを振り上げるのだけは、かろうじてこらえた。

「人間が背負えるものってのには、限度があるんだ。ったく、お前はそれが分かっとらん。彼女作ってから出直してこい」

高圧的にそう言い切ると、曾根崎部長は黙った。桐生は、何も答えない。どうやら、この鬼上司と分かり合おうとするくらいなら、毛虫と心を通わせる方がまだ簡単そうである。

二人はそれっきり、アイスコーヒーを飲み干して立ち上がるまで、ひと言も口をきかなかった。

終電というものには、日本の悪習が凝縮されている。

車両の真ん中辺りの座席に腰掛け、桐生蒼太はぼんやりとそう考える。喫茶店から戻った後も、たまっていた仕事に追われて、結局、またこの時間になってしまった。

疲れた顔をした残業帰りのサラリーマンが、よれよれのワイシャツ姿で、死んだ魚のような目をさまよわせている。その一方で、顔を真っ赤にして――あるいは土気色にして――シートに身を沈めている酔っぱらいもいる。

生きているのか死んでいるのか分からない連中が、鉄の箱に乗って運ばれていく。ほんの束の間の休息のために。

それは異様な光景だった。だけど、桐生たちの作った本を読んでくれるのも、間違いなく彼らなのだ。

熱意――。

曾根崎部長が使ったその言葉は、美しいかもしれない。けれど、彼らを無視する言葉でもあった。それは、桐生の掲げる信念と対極にある言葉だった。

読者を無視して、「傑作」が生み出せるものか。

重たくなった頭を、左右に振る。

だけど桐生は、頭のどこかでは理解していた。この劣悪な労働環境では、モチベーションを保つのに「熱意」は必須、ということを。

編集の仕事に、「終わり」というものは存在しない。当たり前だが、たとえばタイトルなんかは、何時間、あるいは何日考えたって「唯一の正解」は出てくるはずがない。納得のいくまで、とことん突き詰める必要があるという点で、編集とは、いわば職人的な仕事なのだ。それにもかかわらず、何時間残業しても給料は増えない、裁量労働制が採られている。

何時間やっても仕事は終わらないし、残業代も出ない。世に言う「ブラック企業」での労働の典型例。

「熱意」がなければ、こんな働き方は続くまい。

しかし、そうだとしても、「熱意」を便利な言い訳として振り回す部長のやり方は、決して許されるべきものではないはずだ。「熱意」なんていう訳の分からないものを優先して、読者の声を歪めたり、無視したり……。そんなことが、あっていいはずがない。

「……それとも、甘っちょろい幻想なんだろうか」

ガタガタと揺れる鉄の箱の中で、桐生はポツリとつぶやく。誰にも聞こえない程度の細い声。いや、仮に声を大にしていたとしても、この車両にいる人間に、それを聞き取れるだけの体力が残されているとは思えない。

「理系文芸同盟の目標は、夢物語に過ぎないんだろうか」

答えてくれる人は、当然、誰もいない。


北条先生の新刊の発売日は、九月十四日に決まった。タイトルは『メルセンヌの見た夢』。

「メルセンヌ素数」をはじめとする様々な「素数の謎」に、日本人の数学者が挑んでいく物語。

「メルセンヌ素数」というのは、「$2^n-1$」の形で表される素数だ。そう言ってしまうと、大そう難しそうだが、つまり3とか7とかのことだ。「$3=2^2-1$」であり、「$7=2^3-1$」。

十七世紀のフランスの数学者マラン・メルセンヌの名を由来とするこの素数は、世界中の数学者たちの手によって、現在、四十八個だけ発見されている。見つかっている中で最大のものは、これである。

$$2^{57885161}-1$$

規模が大きすぎて、もはや何が何だか分からない。

このメルセンヌ素数は、はたして無限に存在するのか、それとも、有限個なのか。メルセンヌの死から三百五十年以上が経った今に至っても、まだ分かっていない。シンプルながら、途方もない難問だ。

『メルセンヌの見た夢』の主人公たちは、そうした稀《き》代《だい》の未解決問題に立ち向かっていく。桐生もゲラを読ませてもらったが、魅力的な物語だった。理系も文系も楽しませる小話を交えつつ、ストーリーにも、読者に次のページをめくらせる力がある。

ただ、売れてほしいかと聞かれたら、桐生にはなんとも答えようがない。

今日も、鴨宮さん宛に電話がかかってきた。もちろん、北条先生からである。

言う通りに改稿したというのに、なぜ、初版部数がたったの八千部なのか。夏木出版は私をバカにしているのか。そんなようなことを、電話でまくし立てられたそうだ。もはや言いがかりである。

――こうなったら営業に頑張ってもらうしかない。もし重版がかからなかったら、二度とおたくでは書かない。

　挙句の果てに、そんな無茶苦茶なことを言われたらしい。北条先生は、一応、世間的に見たら「そこそこの人気作家」だ。依頼を引き受けてもらう交渉のときに――業界用語で言う「口説く」際に――かなりの苦労があったはずである。それなのに、こんな形で逃げられてしまっては、鴨宮さんの立つ瀬がない。

　それに、今の世の中、悪評というのはあっという間に拡散する。ネットなどを介して、作家同士の交流も昔より活発だ。「あの会社は著者をバカにしている」などという風聞が作家の間に流れれば、夏木出版の信用にかかわる。たとえそれが、まったく的外れな意見だったとしても。

　昔から、「口喧嘩は声が大きい者が勝つ」というが、まさにその通り。有名作家の声は、場合によっては一出版社よりも大きい。

　事態は、ますます深刻な方向へと転がり出している。

　時計は、夜九時を回ろうとしている。今日は比較的、首尾よく仕事が片付いたのか、部長や先輩社員たちはすでに帰宅した。編集部にいるのは、桐生と鴨宮さんのみ。

　桐生が遅いのは、言うまでもなく、通常業務に加えて統計的な分析もしているからである。だが、鴨宮さんが遅いのは……。

　桐生はパソコンから目を逸らし、そっと耳を澄ました。デスクトップの向こうで、カタカタとキーボードを叩く音が断続的に響く。昔、実家の屋根裏に棲《す》みついたネズミが、夜な夜な立てていた奇妙な音に似ている。ずっと聞いていると、少しずつ気分が悪くなってくる。

桐生は、目と目の間を指でもんでから立ち上がった。何も言わずに廊下に出ると、階段を通って、休憩室に足を運ぶ。

自動販売機は、いつだって変わらず無言でたたずんでいた。ブーン、という駆動音だけが、小さく低く続いている。アイスカフェオレを、二つ買った。

「飲む？」

編集部に戻って来ると、桐生は鴨宮さんに声をかけた。彼女は驚いたようで、ちょっと肩を震わせてから、ほんのりと頬を赤らめた。

「ありがとうございます」

「ううん、いいよ」

言いながら、桐生は自分の缶のプルタブを開ける。冷たいカフェオレが喉を通り抜け、体がゆっくりと冷えていく。

鴨宮さんは、ひと口だけ飲んだかと思ったら、後はしばらく、手の中の缶をじっと見つめているだけだった。二人とも、何も言わない。時計の音だけが、部屋の中を静かに流れていく。

そして、桐生がカフェオレをほとんど飲み終えてしまったとき。唐突に、鴨宮さんが口を開いた。

「……先輩」

「ん？」

「飲みましょう」

「え？　飲んでるけど？」

カフェオレの缶を振りつつ、桐生は答える。それがおかしかったのか、鴨宮さんは歯を見せて笑う。

「いいえ、違います。先輩、ちょっとお酒を飲みに行きましょう」

桐生は、ポカンと固まってしまった。鴨宮さんが机を片付け始めたのを見て、ようやく事態を把握する。

たとえ今日が「華の金曜日」ではないとしても。ストレスで押しつぶされそうなときに、酒は心強い味方になってくれる。

# 4　熱意で本は売れますか？

仕事は、文字通り山積みである。だから、山積みにして残したまま、二人は会社を飛び出した。自動ドアを抜けるとき、鴨宮さんがいたずらっぽく笑う。なぜか声をひそめて、桐生も笑った。

授業をサボって学校を抜け出す、学生カップルみたいな気分だった。

時刻は、夜九時を回ったばかり。仕事を終えたサラリーマンたちが、今日という日を心地よく締めるための酒場を探して、徒党を組んで練り歩いている。すでに顔を赤くしている連中は、きっと、もうどこかで飲んだ後で、今は二次会の店を探しているのだろう。

やっぱり、学生気分にはさせてくれないか。

すれ違うおじさんたちに視線を向けつつ、桐生は苦笑する。学校を抜け出してオフィス街でデートする学生がいるなら、ぜひ見てみたいものである。

「お店は、あたしが決めてもいいですか？」

そう楽しげに言った鴨宮さんは、桐生が首をタテに振るや否や、さっそく先に立って歩き出した。会社から見て、駅とは反対の方角に向かって、跳ねるように進む。カツコツ響くヒールの音まで、リズムを刻んでいるようだった。

大通りから脇道に逸れて、少し進んだ先で、鴨宮さんは足を止めた。見上げると、控えめなライトに照らされた、楕円形《だえんけい》の看板。筆記体のアルファベットのようだが、英語ではないようで、何と発音するのか分からない。

鴨宮さんは、慣れた様子でドアを開け、一歩足を踏み入れてからこちらを振り向いた。

「先輩、普段はワインって飲みます？」

「いや、あんまり……」不意を突かれて、少しばかり口ごもってから、桐生は答える。「いつもは、ビールと日本酒ばっかりだから」

「そうですか。でも、ここのワインは絶品なんで、試してみてくださいね」

ニコニコ笑ってそう言うと、鴨宮さんは店の奥に進んでいく。桐生も後に続こうとして、ふと気が付いた。店のドアの裏側に、青、白、赤の三色で塗られた国旗が貼り付けてある。はて、どこの国の旗だったか。けっこう頻繁に目にする旗だけど。

そう思って、何気なく視線をめぐらせると、答えはすぐに見つかった。ドア脇に貼られたチラシにある「フランスワイン」の文字。桐生は思わず、額を軽く叩いた。

フランスの国旗もとっさに思い出せないとは、ずいぶん疲れているらしい。気をつけないと、今日は酔いが回るのも速そうだ。

そう自分を戒めてから、少し遅れて、鴨宮さんの後を追う。彼女はすでに、奥のテーブル席に腰を下ろそうとしていた。テーブルが十ばかり並んだ、少し広めの店だった。

「ほら、こんなに種類があるんですよ」

彼女は、子どもみたいに目を輝かせて、メニューを開く。桐生は、促されるままに覗き込むが、あいにく、ワインの名前はほとんど知らない。

「じゃあ、白ワインで」

「どの白ですか？」

ウキウキとした様子で尋ねてくる鴨宮さん。けれど、ブルゴーニュだとかボルドーだとか書かれても、桐生にはまるでピンとこない。

「なんだかよく分からないから、鴨宮さんのオススメをお願い」

悩んだ末に、桐生はそんな情けないことを言った。優柔不断な男は嫌われる、というが、まさにその典型のような言い方。自分で自分を張り倒したくなった。

せっかく、鴨宮さんの方から誘ってくれたというのに。無駄にするというのか、桐生蒼太。お前はそれでも男か。これはどう考えても、千載一遇のチャンス……ん？　チャンス？　そもそも、チャンスって何の？

頭の中で、好き勝手な言葉が飛び交っている。が、そんな桐生の混乱など気に留めぬ様子で、鴨宮さんは店員を呼び止め、スラスラと注文してしまう。白ワインのグラスを二つと、料理をいくつか。

高額なフルコースでも頼まれたらどうしようかと思ったが、そんな心配も不要だった。チラッと値段を見ると、そこそこ良心的な価格である。

女性に注文を任せておいて、真っ先に値段を気にするなんて……。桐生は自分にあきれてしまった。鴨宮さんに比べると、自分がずいぶんと子どもに思えてくる。

俺の方が年上のはずなのに、この差は何だ。

狼狽をおもてに出さないようにしていると、ワインはすぐに運ばれてきた。若い男の店員が、気取った感じでグラスに注いでくれる。宝石を溶かしたかのように、美しく輝くワインだった。

「かんぱーい」

鴨宮さんが、グラスを掲げて声を弾ませる。名前の分からない白ワインに、そっと口をつけた。

少し酸っぱい、と思った。

けれど、それは一瞬だけだった。口をすぼめたくなるような酸味はすぐに消え失せ、甘い香りが口の中に広がる。心地よい後味が、舌の上に残った。

「おいし〜」

片頬に手を当て、鴨宮さんが満面の笑みを浮かべている。うすうす勘付いてはいたが、この人は、けっこう酒が好きなようだ。

「ワイン、詳しいんだね」

「え？　どうしてですか？」

意外そうに眉を上げて、彼女が聞き返す。桐生は、メニュー表を指差した。

「だって、迷わずに注文してたから」

「あはっ」

メニュー表と、手の中のグラスとを見比べて、鴨宮さんはおかしそうに笑った。

「テキトーですよ。あたしも、前に来たときに飲んだのがどれだったか、すっかり忘れちゃったんで」

肩の力が、ストンと抜ける。十秒前の感心を返してほしいと思うと同時に、ホッと安心することができた。

ワインを注いでくれた店員が、大して時間をおかずに、サラダをお盆で運んでくる。そこでようやく、とても腹が減っていたのを思い出した。多分、鴨宮さんも同じだったのだろう。すぐにフォークを取り上げて、そそくさとレタスを口に運び出す。しばらくの間、野菜をシャキシャキ噛む音だけが、二人の間に流れていった。

小さな皿を空にしてから、ふと気になって、桐生は口を開いた。

「このお店は、よく来るの？」

「たまに。立花さんに教えてもらったんです」

同じくサラダを平らげた鴨宮さんは、再びグラスを口元に持っていく。キスでもするかのような飲み方で、桐生はちょっと目を逸らした。

「そう言う先輩は、前に西堂教授と飲んだお店、よく行くんですか？」

「いや、教授と一緒のときだけだ。俺には少し高いから。嵐田とかと飲むときは、どこか近場のチェーン店だよ」

「ああ、嵐田さんと」

一つ頷き、にやけ始める鴨宮さん。何か不本意な解釈をされているであろうことは、表情を見れば分かった。

「お二人は、とっても仲良しなんですね」

「ただの腐れ縁だよ」

リスのような目を向けてくる鴨宮さんに、桐生はそっけなく言った。ひどい誤解だ。

「え〜？　でも、よくお昼も一緒に食べてるじゃないですか」

「勘違いしてるみたいだけど……俺は別に、あいつと飯を食ったり、酒を飲んだりしたいわけじゃないいんだ」

子どもに言って聞かせるような口調で、桐生は答える。誤解は、きっちり訂正しておかねばならない。

「仕事が一段落したときとかに、たまに、無性に酒が飲みたくなる。分かるだろ？　けど、一人で飲むのも何となく寂しい。だから、そんなときは嵐田に声をかけるんだ。あいつは、急に誘っても嫌な顔一つしない。飲みたかったらついてくるし、飲みたくなかったら断る。変に気を遣わなくていいから、楽なんだ」

「それを、仲良いって言うんですよ。羨ましいです」

鴨宮さんは、どうにも取り合ってくれそうにない。そんなに俺と嵐田を仲良しにしたいのだろうか。不服に思って、桐生は口をとがらせる。

けれど彼女は、意外なほどに真面目な目をして、声を小さくしてこう言った。

「『付き合い』って多いじゃないですか。特に女の世界って、けっこうネチネチしてて」

秘密を共有するときのような……仔猫みたいな囁き声だった。

「だから、うわべだけでも『付き合いがいい』ように取り繕ってないと、裏でどんな陰口を言われるか分からないんです。しがらみが深いんですよ」

「ああ、なんとなく分かるよ」

桐生は頷き、同意する。けれど心の片隅では、別の考えが頭をもたげていた。

別に、女性に限った話ではないのだろう、と。

男性にだって、しがらみというものはある。行きたくもない飲み会とか。やりたくもない仕事とか。我慢しなければならないことは、毎日毎日、押し寄せてくる。

だけど、人が人の世界で生きていく以上、人との「付き合い」は避けられない。時には足を引っ張られ、時には手を差し伸べられる。「付き合い」をわずらわしく思うこともあれば、逆に助けられることもある。

そんなふうに思ったけれど、桐生は結局、何も言わなかった。ここで鴨宮さんに反論したって、何一つ得することがない。

同じ店員が、今度は、お盆に料理を載せて運んできた。スライスされたフランスパンと、魚料理だった。

「ついでに、別のお酒も頼みましょうか」

皿が並べられる間に、鴨宮さんがメニューを開く。すでに、頬が薄桃色に染まっていた。お酒は好きでも、あまり強くはないようだ。

すぐに名前の分からない赤ワインが運ばれてきた。なぜか、二人でもう一度乾杯し、食事を再開する。鴨宮さんは、フランスパンが固すぎるのか、うまく食べられずにいた。桐生はあきれて笑ってから、自分は簡単に嚙みちぎってみせる。鴨宮さんは恥ずかしそうに、頬をさらに赤らめる。

料理もワインも、言うことなしだ。会社から歩いて行ける場所にこんな店があるなんて、今まで全然知らなかった。

「嵐田にも教えてやろうかな」

何の気なしにつぶやくと、鴨宮さんは目を輝かせた。

「ほら、やっぱり仲良しじゃないですか」

「うっ……」

返事に窮してしまう桐生。それを見た鴨宮さんは、また面白そうに笑っている。今度は、桐生が顔を赤らめる番だった。

「だから、ただの腐れ縁だってば。それに、ここしばらくはアイツとも飲んでない」

「先輩、最近いっつも遅いですからね」鴨宮さんは、何やら訳知り顔で頷いた。「嵐田さんに会えなくて、先輩も寂しいんでしょう」

なんだか、しゃべればしゃべるほど墓穴を掘っている気がする。このままでは、明日にでも夏木出版の社内で、おかしな噂が立ちかねない。それだけは、断固阻止しなくてはならない。

「寂しいかどうかはさておいて、忙しいのは確かだ」

掘った墓穴から抜け出すべく、桐生は話題を変えることにした。

「やらなきゃいけない仕事だけで、気が遠くなる量だからね。それに加えて、やりたい仕事もやろうと思ったら、どうしても遅くなる」

「そうですよね」うんうん、と頷く鴨宮さん。「先輩は、統計の分析もしてますもんね。ホント、尊敬してます」

「大袈裟《おおげさ》だなぁ」

桐生は笑って、照れを隠した。

それからしばらくの間、他愛もない話をしながら、料理を食べ、ワインを飲んだ。会話は途切れることがなくて、二人は、心の底から笑い合った。至福の時間だった。それは、仕事に追われて過去に置き去りにしてしまった、ささやかな幸福……。

走ってきた。走り続けてきた。文芸編集部に異動してから一年以上もの間、脇目も振らず、ただひたすらに。そうして息切れを起こして、ついに立ち止まった。膝に、手をついた。

ふと顔を上げたら、そこには鴨宮さんがいた。誰かに似ている微笑みを、こちらに向けていた。

幸福だった。おまけに、頭には酒が回っていた。だから、少し油断したのかもしれない。あるいは、置いてきた過去の亡霊が、気まぐれに悪さをする気になったのかもしれない。

頭が堅くて理屈っぽい——桐生の悪いところが、ひょいと顔を出した。

「……あたしも、もっと時間さえあればって、いつも思ってます」

テーブルの上のお皿が、あらかた空になった頃。頬を紅色に染めた鴨宮さんが、ふと、吐息を漏らすようにそう言った。一瞬前までと違って、真剣に、心中を打ち明けるような口調だった。

「先輩を見習って、自分を貫こうとも思ってるんですけど……どうも、うまくいかなくて」

「自分を貫く?」

ワイングラスを置いて、桐生は眉をひそめた。主観をなるべく排除しようと努めている桐生にとって、それは、少なからぬ引っかかりを覚える言葉だった。

食いつきたくなったが、グッとこらえる。不本意ではあるが、面倒な男だと思われたらかかなわない。

ちょっとだけ間をとってから、鴨宮さんが問いかけてくる。

「先輩、出版業界って、もう斜陽産業ですよね？　しかもその中でも、小説はどんどん売れなくなってます。それなのに、あたしたちは懲りずに本作りに明け暮れているんです。どうしてだと思いますか？」

「この世に小説がなくてはならない理由。それが、どこかにあるってことかな？」

「はい。あたしはその答えを、『雪と生きる』からもらったんです」

『雪と生きる』……。彼女が口にしたタイトルを、桐生は心の中で繰り返した。鴨宮さんが編集者を志すきっかけとなった作品。東日本大震災で亡くなった作家、茅野先生の代表作。

「小説は映像よりも、喚起される想念の幅が広いんです。人によって異なったイメージを持ちやすい、とも言えます」

鴨宮さんは、白くて細い、ユリの花びらのような指を、テーブルの上でそっと組んだ。

「小説を書くことは、一つの世界を構築することなんです。読者はその世界に入り込んで、主人公の人生を追体験する。マンガとか映画とか……そういう媒体と違ってビジュアルの制約がないから。それが小説の持つ強み。あたしたちが守らなきゃいけないアイデンティティ」

彼女の声を、桐生は一つひとつ追っていく。たしかに、小説の読者に与えられるのは、活字の羅列のみ。イラストや映像と違って、それ自体には何のイメージも付与されていない。読者はそこから、能動的に意味を読み取る。

　以前、鴨宮さんは、『雪と生きる』に救われた被災者に会ったと言った。その人はきっと、雪と氷の世界で自然に抗う主人公に、被災地で生き続ける自らの姿を重ねたのだろう。そして、それは桐生が抱いたイメージとは、およそかけ離れたものだったことだろう。

　それが、小説の特徴の一つ。彼女の言葉は、おそらく正しい。けれど、その一点のみに固執すべきか否かは、まったく別の問題ではなかろうか。

「ただストーリーが面白いだけじゃ、意味がないんです。少なくとも、あたしが作りたい小説はそういう浅はかなものじゃない」

「君の、作りたいもの？」

　低い声で、桐生は聞き返した。頭は、ぬるま湯につかったようにフワフワしている。けれど、その曖昧な思考の奥の方から、コロコロと転がり出てくる記憶がある。

　喫茶店で顔をしかめる、曾根崎部長の姿が脳裏をよぎった。

　自分の信じる道以外を「浅はか」と切り捨てる権利が、はたして一編集者ごときにあるというのだろうか。

「あたしの作りたいもの、なかなか理解してもらえないんです。熱意が、伝わってないのかな……」

　小首を傾げる鴨宮さん。桐生の心が、ざわざわと騒ぐ。

――溢れ出る熱意に従ってんだよ。

いつだったか、部長が口にした横柄な言い分が、頭のそばをチラついている。それを振り払う前に、鴨宮さんの言葉が続いた。

「自分の作りたいものと、環境との間にギャップがあるんです。もっと時間があれば、っていうのもそうですし……。企画会議だってそうです。部長のセンスに合わないものは却下される。あたしにだって、作りたいものはあるのに……」

そう言って、鴨宮さんは小さくため息を吐いた。妙につやのある吐息だった。けれど、このときの桐生には、そんなことを気に留められるほど心に余裕がなかった。鴨宮さんの仔猫みたいな声とか、キレイに染まった頬とか、形の良い唇とか……そういったものが、意識の外に放り出されていく。

曾根崎部長と同じエゴが、彼女の言葉の中に見え隠れしている。そのことが、桐生には我慢ならなかった。

「作りたい本だけを作ろうとしたってダメだよ」

だから、彼はつい口にしてしまった。彼女がそんな言葉を求めていないのは、誰が見ても明らかだった。明らかだったけれど、桐生は言わずにいられなかった。

「どういうことですか？」

鴨宮さんが、不審そうな声で聞き返す。彼女の方でも、話が良からぬ方向へと流れていくのを、なんとなく予感したのかもしれない。

「本は、編集者のエゴで作るものじゃないってことさ」

おい、それ以上はやめておけ。頭の片隅で、忠告の声がする。けれど、気付いたときには口が勝手に動いていた。

「著者だけじゃない。営業部も、製作部も、イラストレーターも校正者も、印刷業者も携わっている。君が作りたいものを自由に作っているだけじゃダメなんだ。だから、きちんと周りのことも考えて……」

「じゃあ、あたしの想いはどうすればいいんですか?」

ちょっと不満げに、かわいらしく頬を膨らませて……ではない。半ば身を乗り出すようにして、彼女は語気を強めている。

「前にもお話ししましたよね? あたしが編集者になったのは……亡くなった茅野幹友先生の著書みたいに、生きていこうっていう活力に溢れているような……そんな本が作りたいからなんです。周りに合わせてるだけじゃ、そんな本は作れっこない。何とかあたしが主導権を取って……」

「そんな考えは、曾根崎部長と一緒だ」

同じ穴のムジナだ。そんな言葉が喉まで出かかり、かろうじて抑えた。けれど、言葉の続きまでは抑えきれない。

「想いとか、熱意とか、そういうものに振り回されて、君は冷静さを失っているよ」

　ワインがすっかり回っていたのだろう。頭の中で湯が沸いているかのようだった。逃げ場を失った熱のかたまりが、声に乗せられて口から飛び出ていく。

「一番大切なのは本を読んでくれる読者だろ？　それを見失ったら意味がない」

「読者のことを考えてないなんて、そんなことはひと言も言ってません！」

　負けじと叫んで、鴨宮さんはキッとこちらを睨み据えた。甲高い声が店内に響き、数人が振り返る気配がする。けれど、二人は気にも留めない。

「読者の生きる力になるのはどんな本か……それは、第一に考えています！　そんなことは当たり前です！」

「一番身近な人たちのことが見えていないくせに、顔も知らない読者の何が分かるって言うんだ！」

　どうして俺は、こんなことを言っているんだろう？

　声を荒らげながら、心の中では、茫然《ぼうぜん》としている自分もいた。

　ほんの数分前まで、あんなに楽しく話していたのに。幸福だって、思っていたのに。どうして、こうなってしまったんだろう。

　テーブルを挟んで、睨み合う二人。顔を真っ赤にした鴨宮さんは、怒鳴るように言い放った。

「先輩だって、いっつも数字ばっかり見てるくせに！　本作りっていうのは、一期一会なんです！　先輩みたいに冷たい人には、一生分からないんですよ！」

それまでだった。彼女は自分のバッグを引っ摑むと、乱暴な音を立てて席から立ち上がった。そして、その迫力に桐生が気圧されている間に、ヒールの音を響かせて、あっという間に店から出て行ってしまった。呼び止める暇すらなかった。

本当に、ダメな奴だ。

自分で自分を、罵ってみる。けれど、そんなものは何の慰めにもならない。桐生と、空のお皿と、赤ワインのグラスが、雨の日の捨て猫か何かみたいに、みじめに置き去りにされている。しばらく放心していると、気まずそうな顔をした店員が近付いてきて、おずおずと伝票を差し出した。二人分の食事代は、最初の印象よりも高く思えた。

＊

付き合っていた頃、大学生だった二人は、いろいろなところを見て歩いた。地元の横浜を飛び出して、秋の京都や、春の北海道を旅行した。買い物をして、映画を観て、些細なことで笑い合った。ディナーの店選びが苦手な桐生は、よく彼女にたしなめられた。けれど、そんな時間すらも、彼女との大切な愛おしい時だった。

彼女はよく、桐生の肩に寄りかかってうたたねをした。ほのかに香るのは、四月の桜と同じ匂い。華奢な肩に手を回すと、柔らかだけど、儚い手触りがした。

幸せだった。

この幸せが、ずっと続くものだと思っていた。

だけど、そうではなかった。

——もう、付き合い切れない。

彼女は桐生に、そう言って別れを告げてきた。二人が大学三年生のとき。付き合い始めて、一年が経った頃だった。

きっかけは、進路の話題だった。三年生になった彼女は、他の大多数の文系同級生と同じように、就職活動を開始した。毎週末、合同説明会の会場に足を運び、「ＯＢ訪問」と称して、よく分からない社会人たちとしきりに交流していた。

自然と、愚痴も多くなる。桐生はいつも通り、彼女の話に相槌を打った。左右を海に挟まれた、横浜の大桟橋。視界を赤く染める夕陽を眺めながら、ゆっくりと歩を進めた。

——蒼太は、まだ就活しないの？

ひとしきり愚痴を吐き出し終えた後、彼女は上目遣いにそう尋ねてきた。夕陽を反射した美しい瞳を、桐生は今でもよく覚えている。

少し迷ってから、桐生は結局、曖昧に答えた。

——うん、そうだね。

――そうだねって……院に進んでから、ってこと？

――どうだろうな。

――どうだろうなって……。

煮え切らない答え方に、彼女は少しイラついているようだった。口調に、トゲが混じっている。弁解するように。桐生は付け加えた。

――俺は、数学を研究できればそれでいいんだ。けれど、どうやらそれは逆効果だったらしい。

――数学の研究って……。あたしはよく分からないんだけど、それって技術職とか研究職とか、そういう採用のアテがあるものなの？

――さあな。

しつこく聞いてくる彼女に対して、桐生はあくまで、冷静な調子を心がけた。

――働き口があるかどうかなんて、大した問題じゃないんだ。俺は、数学を研究したい。まだ知らない世界を、もっと見てみたいんだ。

――何も考えてないんだね。

桐生の声にかぶせるように、彼女は言った。驚くほど冷たい声に、桐生は慌てて言い添える。

――考えてるさ。

――全然考えてないよ！

彼女が声を荒らげる。二人をつないでいた何かが、プツン、と切れる音がした。幸せの終わる音だった。

——将来のことで真剣に悩んでるあたしが、バカみたいじゃん。

——そんなことない。

——そんなことあるよ！

イヤイヤをする子どものように、彼女は首を振った。一拍おいて、決定的な言葉が口から飛び出す。

——あたしには、理解できない。

ああ、これが終わりなのか。頭の隅っこで、妙に醒《さ》めた桐生がそう言った。思い出したように海風が吹き、彼女の髪をさらっていく。ほんのりと、潮の匂いがした。

彼女が別れを告げてきたのは、それから二か月と経たないうちだった。

——もう、付き合い切れない。

桐生と彼女とを分かつ溝。はたしてその溝は、新しくできたものだったのか、それとも最初からあったのか。極端な理系の桐生と、普通の文系の彼女とは、元々、水と油のようなものだったのか。誰に聞いても、教えてはくれない。

分かっていることは、ただ一つ。桐生の生き方そのものを、彼女は理解できなかったということ。何がどう転んでも、二人が上手くいく未来はなかった、ということ。

止めどなく、涙が溢れた。

＊

「別に、気にすることでもねぇだろ。よくあることだ」

隣に座る大男が、背中をバンバン叩いてくる。加減を知らないものだから、ワイシャツの下の肌がヒリヒリと痛んだ。けれど桐生には、それをやめさせるだけの気力がない。

「いいじゃねぇか、彼女でもねぇんだから」

お気楽な調子で、嵐田は笑った。桐生はただ、テーブルに視線を落としている。何度も来たことがある居酒屋だが、こんなにまじまじとテーブルを眺めるのは初めてだ。

「あんだよ。もしかして、本当に狙ってたのか？」

「……っ、違う……！」

「違うなら、そんなに落ち込むな」

嵐田は、運ばれてきたばかりのビールのジョッキを、桐生の前にドンと置いた。桐生は何も答えず、それをひと息に飲み干す。炭酸が喉に絡み、情けなくむせた。

嵐田は、あきれたようにため息を吐いた。

「学生の恋愛じゃねぇんだ。うじうじすんなよ」

そう言って、自分のジョッキを勢いよく傾けている。嵐田の言葉が、酒に酔った頭の中で反響し、桐生の心をチクチクと刺激した。

学生の恋愛じゃない、だって？　だったら、どう違うっていうんだ。

学生と違って、大人は失恋一つでは動じないとでもいうのか？　人間的に賢く成長したから、だとでも？

そうではないだろう。

動じないのは、「諦める」ということを覚えたから。長く生きる中で、そんな寂しい対処法を覚えてしまったから。

それは成長でもなんでもない。むしろ退行だ。

それが賢い生き方だなんてとんでもない。むしろ愚鈍だ。

鴨宮さんと口論になってから、およそ二週間。さながら戦場のような忙しさを呈していた八月は終わった。本来だったら、ようやくひと息つけると喜ぶべきところなのだが……。当然、そんな気分にはなれない。

「まあまあ、嵐田君。落ち込むな、という方が無理でしょう」

正面の席から、落ち着いた好々爺《こうこうや》の声がする。お猪口を傾け、西堂教授が穏やかな笑みを浮かべていた。

この人は、いつだって泰然自若と構えている。きっと地球が二つに割れようと、普段通り、刺身をつまみながら日本酒をたしなんでいることだろう。

　思えば、教授の前でこんな情けない姿をさらすのは、これで二度目だ。一度目は大学時代、彼女にフラれ、自分の進むべき道がまったく分からなくなってしまったとき……。桐生は、教授に進路のことを相談した。このまま研究を続けていくのか、就職して、自分で稼ぎ、生きる力を身につけるのか……。

　教授は、悟りを開いた僧であるかのように、的確なアドバイスをたくさんくれた。そうして背中を押された桐生は、少し遅めの就職活動を開始し、教授に強く薦められた夏木出版から、無事、内定をもらうことができた。

　まさか、同じようにして夏木出版を薦められた男がいようとは、そのときは夢にも思わなかったけど。

「それにしても教授。今の桐生は、終わっちまったことをクヨクヨと後悔してるだけですよ。そういうのって、ちょっとどうかと思いますね」

　嵐田は乱暴に吐き捨てて、またビールをグビグビと飲む。

　言われなくても分かっている。けれど桐生には、昔から過去にとらわれてしまう癖があった。院への進学をやめて、急遽《きゅうきょ》、就職活動を始めたときだって……彼女との関係は、すでに終わってしまった後だった。けれど、後の祭りと分かっていても、心のどこかで、何かを期待していた。

情けない。心底、そう思う。

「……私は、間違ったのでしょうか」

テーブルに額がつきそうなくらい、桐生は首をうなだれた。すると、大して間をおかずに、頭上から柔らかな声が降ってくる。

「いいえ、間違ってはいません」

おそるおそる、顔を上げた。西堂教授が、御仏《みほとけ》みたいな顔でほくほくと微笑んでいる。

「ですが、正しい言葉が優しい言葉だとは、限らないのです」

「どういうことっすか？」

刺身を二、三切れ同時に頬張りつつ、嵐田が尋ねる。けっこう失礼な態度だと思うが、教授は気にする様子もない。

「人間は常に合理的だとは限らない。前に教えたでしょう？　正論を重ねるだけでは、相手のためにならない場合が多いのです」

そう言って、日本酒をクイッとあおる西堂教授。早くも鈍くなり始めた頭で、桐生は思い出した。

杓子定規に生きることは、真の理系にあらず。以前、教授から言われた言葉だった。理系だからって合理的な考え方にとらわれてはいけない、という意味だった、と思う。

でも、それならば……。

「それならば、理系的思考は無力なのでしょうか……？」

「いいえ。ですが、そういう非合理的な思考まで含み込んで考えられてこそ、一人前と呼べるのですよ」

教授はサラッと、難しいことを言う。納得しかねて、桐生は首をひねった。ふと横目で見ると、嵐田も理解できていないようで、しきりに眉をひそめている。

そんな二人の様子を見て、教授は、顔の笑いじわをいっそう深くした。

「最後通牒《さいごつうちょう》ゲーム。大学時代に、習っていますよね？」

顔の前で指を立て、面白そうに教授が言う。桐生と嵐田は、顔を見合わせた。

まったく聞き覚えがない。サボったか、もしくは寝ていたのだろう。

教授は苦笑いを浮かべてから、ポケットからおもむろに財布を取り出した。

「いわゆる、千円を二人で分けるゲームです。プレイヤーは二人。桐生君が先手で、嵐田君が後手だとしましょう」

説明しつつ、教授は千円札を一枚、テーブルの上で広げた。二人は、身を乗り出して覗き込む。野口英世が描かれた、どこにでもある千円札。

「先手の桐生君は、千円を二つに分ける権利を持っています。平等に『500：500』としてもいい。逆に、『700：300』など、自分に有利な分け方をしてもいい。望むなら、一円単位にしてもいいですよ。『725：275』とか」

西堂教授が、千円札を桐生に差し出す。ためらいがちに受け取って、なんとなく灯《あか》りにかざして見る。うっすらと、透かしが浮かび上がった。

「対する後手の嵐田君は、二つの権利を持っています。すなわち、その分け方に『同意する権利』と、『拒否する権利』です」

「拒否もできるんすか？」

「ええ」

教授はにっこりと笑い、桐生の手の中の千円札を指差した。

「嵐田君が同意した場合、お金は桐生君が分けた通りに分配されます。ところが、拒否した場合は分配中止……」

笑顔を崩さず、教授は桐生の手からサッと千円札を取り上げた。「あっ」という声が漏れる頃には、教授は札を財布にしまい直していた。

「その場合は、この千円は没収です。二人とも一円ももらうことができません」

恨めしそうに財布を見つめる嵐田。本当にもらえるとでも思っていたのだろうか。

心底あきれながらも、桐生は、酔ってぼんやりする頭の中に、ゲームのルールをあらためて思い描く。

桐生が分けて、嵐田が同意か拒否を選ぶ。チャンスは一回で、拒否されたからといってやり直しはできない。

それならば……。

「そんなゲーム、やる前から結果が見えています」

気怠《けだる》さを振り払うように、桐生は告げる。西堂教授が、楽しげに口元を緩めた。

「ほほぉ。なぜ、そう思うのです？」

「簡単な理屈です。どんな分け方をしようとも、嵐田も私も損をすることはないわけでしょう？　たった一円だとしても、もらえないよりは得ですから。とすれば、私が『999：1』に分け、嵐田はそれに同意する。それ以外の結果はあり得ませんよ」

酔ってはいても、まだ頭は正常に働くようだ。半ば勝手に動く口に、自分自身で感心しつつ、桐生は思う。

このルールに則《のっと》るなら、嵐田には、拒否をする理由がまったくない。

「ええ、合理的に考えれば、それ以外の結末はありません」

案の定、教授は桐生の答えをあっさり肯定した……と、思っていた。けれど、教授はすぐに嵐田へと目を向けると、穏やかな口調でこんなことを言った。

「しかし、『999：1』に分けられたら、嵐田君、どう思いますか？」

「気に食わないですね。それこそ、拒否してしまいたくなるくらい」

ニヤリと笑って、冗談めかして言う嵐田。コイツはいきなり、何を言い出すんだ？

「何を言ってるんだ。拒否をしたって、お前には何の得もないんだぞ？」

「そう、そこがポイントです」

心底楽しそうに、教授は顔の前で、しわの寄った指を一本立てた。

「同意した方が得をすると分かっていても、拒否をしてしまいたくなる。面白いですね」

「でも、それは……」

「おかしいですか？　賢くない、とお思いですか？　その通り。それが人間なのですよ」

ホクホク笑って、教授は言う。仙人みたいな人だと、桐生は思った。

「実際にこのゲームをすると、分け方の平均は『600：400』くらいになります。そして、分け方にあからさまな偏りがあれば、多くの後手は拒否を選ぶ。どうしてでしょうね？」

謎かけでもするように、教授は二人に問いかける。けれど、あいにく酒の回った頭では、これ以上何も思いつきそうにない。桐生と嵐田は、情けなく黙り込んだ。

「人間がいかに非合理的な生き物か、この実験《ゲーム》は教えてくれるのですよ」

お猪口をクイッと傾けて、教授は語る。

「物事が計算通りにいかないのは当然です。だって、人間は計算通りに動かないのですから。だから真の理系は、計算通りにいかない、ということまで計算しておかねばならないのです」

「それはまた、ずいぶんと難しそうですが……」

「ええ、難しいでしょうね。だからこそ、面白い」

弱々しい声の桐生に向かって、教授は相変わらず楽しそうに答えた。

本当に、食えない人だなぁ……。こんなに飄々《ひょうひょう》としている人が、日本を代表する数学者なのだから、人間というのは分からない。

そう思って、桐生はため息を吐く。

「そんなの、私には無理ですよ。『熱意』に振り回されてばっかりの、非合理的な人たちを理解するなんて、とても……」

独り言のように、桐生はつぶやいた。

けれどそのつぶやきは、終わりまで発せられる前に、唐突に遮られた。

「桐生君」

教授の両目に、不意にキラリと鋭い光が宿った。酒のせいですっかり緩んでいた表情が、いきなり引き締まる。

「編集者は、本を作る機械ではありません。それはお分かりですね」

「え……あ、はい……」

桐生は思わず、反射的に背筋をピンと伸ばした。普段の西堂教授とは、明らかに違う雰囲気。羊たちと戯れていたと思ったら、いつの間にか狼《おおかみ》の眼前にいた。そのくらい極端な、空気の変化だった。

教授の言葉遣いに変化はない。けれど声には、さっきまでにはなかった力がこもっている。嵐田も戸惑いがちに、隣で身を固くしているようだった。

「編集者も、他の多くの人と同じように、生きるために働いている人間です。しかも揃って、過酷な労働環境に身を置いている。出版社はほとんど例外などなく、どこもかしこもブラック企業。そうでしょう、桐生君？」

「はい……、その通りです」

「そんな状況で、自らの心まで圧したとしたら……。編集者の魂は、誰が救ってくれるのです？」

「えっ……？」

話の流れについていけず、ポカンとする桐生。何かの聞き間違いだろうか。

「魂、ですか？」

「ええ」

もう一度聞き直しても、西堂教授はあっさりと首をタテに振った。唖然《あぜん》として、隣を盗み見る。あまりのことに嵐田も、何と反応すればいいか分からないようだった。

数学教授の口から「魂」などという言葉が飛び出した。英語教師から中国古典を習うような……そんな奇妙な感覚だった。

けれど、教授はあくまでも真剣だった。

「編集者が欲しているものも、我々研究者が欲しているものも……突き詰めれば同じです。身の底から突き上げてくる、止めどない情熱の奔流。それに従うことでしか、我々の魂は満たされません」

　曾根崎部長や鴨宮さんが、「熱意」と表現したものだろうか。桐生が何となく、そんなことを考えていると、教授が厳しい口調で続ける。

「あなたはそれを、理解できなかった。彼女の魂を見放したようなものです」

　ピシャリと、頬を平手で打つような声だった。その声を聞いて、桐生はようやく気が付いた。

　教授は、怒っているのだ。

　多分、「魂」という、恐ろしく曖昧なもののために。

「しかし、私としては……」

「あなたの目標は何ですか?」

　口を開こうとする桐生に、教授はさらに言葉をかぶせてくる。反論することすら許されず、桐生はただ、与えられた質問に答えた。

「……文芸編集部の、救世主です」

「そうでしょう。それなのに、『理系文芸同盟などくだらない。お前なんかのやり方で、ベストセラーなど出せっこない』と切り捨てられたとしたら、どう思いますか?」

「それは……苦しいと、思います……」

　声を絞り出しながら、桐生は思い出した。去年の四月、畑違いの文芸編集部に異動してきた桐生が、初めて抱いた志。理系にしかできない発想で、ベストセラー、いや、ミリオンセラーを出すこと。

本来は、こうして指摘されるまでもないはずだった。それは紛れもなく、桐生の「熱意」であった。

唇を噛む桐生に向かって、教授はさらに言う。

「あなただって、自分の魂に従っているのですから。理性だけで割り切れないことだって、あるのですよ」

ぐうの音も出ない、というのは、こうした状況を言うのであろう。浅はかな自分が、恥ずかしかった。

「……すみません」

「分かればよろしい」

桐生が頭を下げると、教授はまた唐突に、ふわりと表情を緩めた。ホクホク笑って、手元のお猪口に口をつける。嵐田が、思い出したようにとっくりを手に取り、教授に酒を注いだ。

「ビール、頼むか？」

酒を注ぎ終えた嵐田が、桐生に尋ねる。見ると、桐生のジョッキには、まだビールが半分以上残っている。場を和ませようとしたにしては、あまりにも間が悪いセリフだった。

「いいよ、いらない」

「そうか」

短く返して、嵐田は黙った。桐生も、それっきり口をつぐむ。二人の正面で、微笑を浮かべた西堂教授が、日本酒のお猪口をうまそうに傾けている。

西堂教授に怒られるなど、初めての経験だった。温和な教授が怒りたくなるくらいに、俺の言動がひどかったということか。

「まあ……、きっとカモちゃんだって、言いすぎたと思ってるだろ」

教授と桐生を窺うように、ひとしきり視線をさまよわせてから……嵐田が口を開いた。この男にしては珍しい、ずいぶんと遠慮がちな口調だった。

「カモちゃん、根はいい子だからな。落ち着いた後にでも、お前から謝ってみな」

「落ち着いた後って……」

桐生は、首を力なく横に振った。気遣いはありがたいし、謝らなければいけないのも確かなのだが……。

「鴨宮さんだけの問題じゃないんだ。彼女の周りにある不条理が、少しでも緩和されないと」

そうしないと、落ち着くことなんてあり得ない。何も考えずに今、謝ったところで、なんだか余計に話がややこしくなりそうだ。

「そうか」

残念そうに、嵐田が答える。ポジティブが二本足で歩き出したような男だが、さすがに、それ以上の言葉が見つからないようだった。

実際、問題の根は、桐生たちにはどうしようもないくらいに深いのだ。

「もう夏木出版では書かない」と言っている北条先生。理不尽な態度で接してくる曾根崎部長。そして、各種クレームをつけてくる、イラストレーターや印刷業者。

まるで、巨大な下りの螺旋階段《らせんかいだん》だ。これらが解決されることなど、あるのだろうか……。

「ところで、桐生君」

しばらく黙って酒を飲んでいた西堂教授が、突然、穏やかな声を発した。先ほどの迫力の余韻のせいか、桐生の肩はビクッと震える。

意外な質問が、教授の口から飛び出した。

「『メルセンヌの見た夢』の発売日はいつですか?」

「えっ?」

初め、いったい何の話だか分からなかった。酒が回っていたせいもあるけれど、話の展開が唐突すぎて。

嵐田に「ほら、カモちゃんの担当書だろ?」と横から小突かれて、ようやく思い出した。慌てて、ぼんやりとした記憶を手繰り寄せる。

「あ、えぇと……、たしか九月十四日でしたけど」

「発売日が、どうかしたんすか?」

不思議そうに尋ねる嵐田。西堂教授は、「いえ、ちょっとね」と意味ありげに微笑した。

「未来ある若者たちのために、私がひと肌脱ごうというわけですよ」

桐生と嵐田は、二人同時に眉をひそめる。日本酒を飲みすぎたせいで、妙なことを口走り始めたようだ。ちょっと心配になって、桐生はそっと、とっくりを教授から遠ざけた。

『メルセンヌの見た夢』発売の、およそ二週間前のことだった。

# 5　計算された結末

驚いた。

『メルセンヌの見た夢』が、飛ぶように売れている。

全国の書店で売り切れが続出し、発売からたった数日で重版が決定。雑誌や新聞でも次々と紹介され、日中は、休むことなく追加注文の連絡が続く。

昨今の出版不況により、文芸書――特に単行本の売れ行きは落ちている。にもかかわらず、何かの賞を取ったわけでもなく、テレビドラマや映画になったわけでもない一作品が、発売直後に大ヒット。このペースで売れ続ければ、十万部、二十万部、あるいはもっとすさまじいベストセラーになるだろう。異例、としかいいようがなかった。

もちろん、統計的な観点からも、こんな事態はまったく予想できなかった。数学をテーマにした小説は、売れているものもあったが、売れていないものもある。つまり、飛び抜けて人気の高いジャンルではないのだ。何の理由もなければ、ここまで爆発的に売れるはずがない。

そう、何の理由もなければ。

もっと正確に言うならば、西堂教授がいなければ。

九月十四日――『メルセンヌの見た夢』の発売当日の出来事だった。窓の外の陽が落ちても、文芸編集部は誰一人帰らずにパソコンに向かっていた。

今夜の残業も、長くなりそうだ。そう思って椅子にもたれ、桐生が軽く伸びをしたとき、不意に、卓上の電話が鳴り響いた。電話の主を示す液晶には、「嵐田」の文字。

「はい、桐生です」

受話器を取って、何気なく答える。すると内線をかけてきた嵐田は、今にも咳《せ》き込《こ》まんばかりの勢いで、いきなり電話口でまくし立てた。

「おい、桐生！　大変だ！　ネットニュースを見てみろ！」

反射的に、耳から受話器を遠ざける。いったい何の嫌がらせだ。コイツの電話の声はいつも大きいが、今日はまた格別なようである。

「仕事中だよ」

「そんなことどうでもいい！　早く見ろ！」

桐生があしらおうとしても、嵐田は食い下がってくる。桐生はそこでようやく、何やら重要な話らしい、と感じ取ることができた。

「分かったよ。でも、ネットニュースって、どのサイトだ？」

桐生は、首と肩の間に受話器を挟んだ。空いた両手でキーボードを叩き、指定されたサイトを検索する。そして、ページの一番上に表示されたヘッドラインが目に留まり、眉をひそめた。

「西堂教授の、記者会見……？」

「そうだ。そこから生放送のページに飛べるはずだ」

展開が読めないが、嵐田の声は興奮気味だった。その声に無理やり押されるようにして、記事のリンクをクリックする。画面に、横長のスクリーンが表示された。

あ、しまった。

ページが開き切ってから、自らの犯したミスに気が付く。けれど、時はすでに遅かった。

「……ええ。数学界にとって、大きな前進になると確信しています」

カタカタと、キーボードを叩く音のみが聞こえていた編集部に、唐突に、西堂教授の声が朗々と響く。不意討ちだったせいか、パソコン画面を注視していた社員たちが、一斉に顔を上げる。

しくじった。せめてイヤホンをつなぐべきだった。

「……おい、いったい何をしているんだ？」

案の定、訝《いぶか》しげに目を細めた曾根崎部長が、椅子に腰かけたまま声をかけてきた。桐生はつい、しどろもどろになる。

「あ、いえ、これは……」

「なあ、中継につながったか？」

焦っているところに、左の耳には嵐田の声。コイツは本当に間が悪い、と思ったが、よく考えたら、こちらの空気が営業部まで伝わるはずがない。

「悪い、かけ直す」

早口に言って、桐生は受話器を置いた。ほとんど同時に、反対の手でパソコンの音量を絞る。けれど、部長の眉間に寄った深いしわは、その程度では消えそうにない。イヤホン、持ってたかな……。慌てて引き出しを開けて、中身を引《ひ》っ掻《か》き回した。

そのとき、たまたまそばを通りかかった鴨宮さんが、パソコン画面を覗き込んできた。

「あ、これって西堂教授じゃないですか」

ドキリとして、引き出しをあさる手を止める。鴨宮さんとは、あの日喧嘩して以来、なんとなく気まずい雰囲気になっている。どう反応すべきか迷って、桐生はただ、自分も画面に目を向け直した。

教授の声が、小さく、控えめに響き続ける。

「……ええ、そうです。現在、すでに発見されているメルセンヌ素数は四十八個。はたして、あといくつ存在するのか。人類には、その見当すらもついておりません」

「メルセンヌ素数？」

すぐ近くからドスのきいた声がして、危うく、心臓が喉から飛び出すところだった。振り返ると、いつの間にか曾根崎部長が真後ろに立っている。

「あの……、部長、この人はですね……」

「別にいい。それより、音を大きくしろ」

桐生の言葉を遮って、部長は意外なことを言った。視線は、画面の中にじっと注がれている。いったい、どういう風の吹き回しか。訳が分からなかったが、桐生は言われた通りに、音量の設定を元に戻した。

「……しかし今回、私が証明に成功した定理は、その真相に迫る一歩となる可能性があるのです」

三人に囲まれた画面の中で、西堂教授は楽しげに語る。居酒屋で見せるのと同じように、両の目を子どもみたいに輝かせていた。

「……メルセンヌ素数は、本当に無限に存在するのか。数百年間続く数学者たちの挑戦に、終止符が打たれるかもしれません」

教授がそう言って言葉を締めると、報道陣のあちらこちらから「おぉ！」という感嘆の声が飛び出し、少し遅れて、拍手とフラッシュ音が鳴り響いた。教授の顔が、何度も何度も、断続的に白く光っている。

「えぇと……、つまりどういうことですか？」

「桐生、分かるように説明しろ」

部長と鴨宮さんが、両脇から桐生に尋ねてくる。急にそんなことを言われても。俺だって、見始めたばっかりなのに。

「そうですね……。どうやら西堂教授が、メルセンヌ素数に関する重要な事実を突き止めたようです」

断片的に聞いた話をもとに、桐生はひどく漠然と説明した。

「あ、西堂教授というのは、私の大学時代の恩師です」

「メルセンヌっていうのは、やっぱりあのメルセンヌか？」

厳めしい顔をして、曾根崎部長が尋ねてくる。そこでようやく、桐生は合点した。

考えてみれば当たり前だ。その単語が聞こえたからこそ、部長はこの映像に興味を持ったわけだ。

「ええ、その通りです」桐生はコクリと、深く頷いた。「今日発売の『メルセンヌの見た夢』に出てくる、あのメルセンヌです」


それからは、営業部はてんてこ舞いだったらしい。

記者会見から数日経つ頃には、全国の書店から『メルセンヌの見た夢』の注文が殺到。当然、在庫だけではとても追いつかず、重版の部数を決める営業会議が緊急で開かれた。

大きな窓くらいのサイズがある販促用の専用パネルも作られた。駅のホームによくある広告のようで、非常に目立つ。営業部員たちは、それを担いで主要な書店に運び込んだ。書店内に、『メルセンヌの見た夢』の特設コーナーを作るためである。

数学者が記者会見をしただけで、なぜ、直接関係のない本まで売れ始めたのか。

桐生には初め、まったく理解不能だった。しかし、ネット上でちょっと検索をかければ、そのカラクリはすぐに明らかになった。

どうやら、いくつかの有名なニュースサイトで、西堂教授の成し遂げた偉業が大々的に報じられたらしい。いわく、「数学史を覆す大発見か」。桐生から見ると、あまりにも無責任な極論だったが、それでも、無知なネットユーザーたちに与えたインパクトは大きかった。

インターネットは、一度火が付けば尋常でない速度で燃え広がる。火種自体の大きさは、はっきり言って重要でないのだ。ネットニュースで、SNSで、掲示板で。様々なところに、西堂教授と「メルセンヌ」の名が溢れていた。

つまり『メルセンヌの見た夢』は、そのブームにうまいこと乗っかったのだ。

ネット書店で検索すればすぐに分かる。「メルセンヌ」の五文字がタイトルに入っている書籍は、『メルセンヌの見た夢』を除けば、古今東西で皆無なのだ。インターネット上で話題になっている「メルセンヌ」。もう少し詳しく知りたいけれど、何かいい本はないだろうか……。そんなことを思った人が、『メルセンヌの見た夢』に辿《たど》り着《つ》くのは、いわば必然の流れと言えた。

おまけにこの本、元々内容はかなり面白い。話題になってすぐに、新聞や雑誌に書評が載ったが、それがどれも高評価。ネット上の口コミなどとも合わさって、売り上げにさらに拍車がかかった。

西堂教授の記者会見をきっかけに燃え広がった炎が、本自体の力で維持される。理想的すぎる形で、『メルセンヌの見た夢』のヒットは続いたのである。

「なあ、もしかしてさ……西堂教授、これを狙ってたのかな?」

営業の仕事に忙殺されていた嵐田が、久しぶりに休憩室に顔を出したとき。コーヒーを片手にソファに腰かけ、桐生は聞いてみた。

「だってさ、『メルセンヌ』をタイトルに入れた方がいいって言ったのは、元はと言えば西堂教授なんだよ」

ガシャコン、と自販機が音を立て、嵐田は何も言わずにかがみ込んだ。その背中に向かって、桐生は言葉を続ける。

「しかも、わざわざ俺たちに発売日を確認した。そして、それに合わせるように記者会見を開いた……」

偶然にしては、出来すぎている。しかし、だからと言って狙ってこんなことができるのかと問われれば……まったく自信はない。だから、同じく西堂教授の教え子である、この男の意見も聞いてみたかった。

嵐田は、ソファにどさっと腰を下ろすと、無言でホットコーヒーのふたを開け、缶をグイッと傾けた。太い喉仏が、ゴロゴロと動く。いつも思うが、あんな飲み方をして熱くないのだろうか。

そんな心配をよそに、嵐田は平然と片手で口元を拭う。

「……さあな」

手元の缶に視線を落として、彼はようやく口を開いた。

「あの人が何を考えてたかなんて、俺には分からん。けどな、たとえ全部計算通りだったとしても、俺は驚かねぇよ」

その通りだ。嵐田の言葉を聞いて、桐生は自然と頷いていた。

あの人は、桐生たちの恩師であり、大数学者であり、人生の大先輩でもあり……何より、西堂教授その人である。すべての未来を見透かしていたって、不思議はない。

「けどよ。きっと本人に聞いても『何のことですか？』とか言ってとぼけるだろうぜ、どうせ」

おかしそうに笑いながら、嵐田が言った。そして再び、缶コーヒーに口をつける。

「ん、熱いな」

だからどうして、ひと口目で気付かないんだ。

相も変わらず理解不能な同僚である。桐生はそっと、苦笑いを浮かべた。

「あら、あなたたちも休憩？」

不意に、休憩室のドアが開いたかと思うと、立花さんが入ってきた。急に背筋を伸ばして立ち上がった嵐田が、深々とお辞儀をしながら大声で挨拶する。

「おーつかれさぁーっす！」

「そんなことしても、奢《おご》ったりしないわよ」

冷静に対応する立花さん。嵐田は「ちぇっ」と残念そうにしているが、いったい何杯飲めば気が済むのだろうか。

ガシャコン
自販機から小さめのペットボトルを取り出すと、立花さんは、桐生の向かいのソファに腰かけた。

「聞いた？　北条先生のこと」

「あ、はい」

桐生が答えると、立花さんは「そうよね」とつぶやいてペットボトルのふたを開ける。アイスティーだった。

「ホント、節操のない人よね」

そう言うと、立花さんの顔が険しくなる。もはや見慣れた切れ味鋭い視線が、手元のペットボトルに注がれる。別に、アイスティーが苦かったわけではないだろう。編集部の誰をもあきれさせる出来事が、先日、起こったばかりなのだ。

人は、こんなにも簡単に手のひらを返せるものなのかと、感動すら覚えた。

『メルセンヌの見た夢』の重版が決定するや否や、北条先生からのクレームはピタリとやんだ。しかも、しばらくしてから、何やら上機嫌な声で電話をかけてきたかと思えば、次回作の構想をチラつかせる始末。出版社側としては、原稿を書いてもらえるのは、たしかにありがたいのだが……。「夏木出版とは二度と仕事しない」とまで言っていた男が、なんとも現金なものである。

「北条先生には、信念というものはないんですかね？」

ちょっと皮肉っぽい口調で、桐生は言う。すると、嵐田がカラカラ笑って、肩の辺りを乱暴に叩いてきた。

「おいおい、前に言っただろ？　ビジネスマンはみんな詐欺師みたいなもんだ、って」

嵐田の声は、やけに自信満々に休憩室に響いた。

「小説家だって例外じゃねぇよ。結局、自分が一番大事なんだ。腹の中で何を考えているかなんて、分かりゃあしねぇ」

「詐欺師、か……。たしかに、そうかもね。言動がコロコロ変わるからって、いちいち気にしてたら切りがない」

納得したように、立花さんが頷く。同意してもらえて、嵐田もなんだか嬉しそうである。本当に、単純な男だ。

「これで鴨宮さんも少しは気が楽になりそうなんだから。良しとしますか」

表情を和らげて、立花さんは言った。アイスティーをひと口飲んで、ホッと息を吐く。

彼女の言う通りだ。実際、『メルセンヌの見た夢』の重版以降、鴨宮さんは日に日に元気を取り戻しているようだった。亡霊のように付きまとっていたプレッシャーから、解放されたからだろう。イラストレーターや印刷所との間には、まだ少しギクシャクした雰囲気が残っているが、きっとそれも、徐々に解消されるはずだ。

俺も、あの日言ったことを謝らないと。

自分のアイスコーヒーをすすりつつ、桐生はぼんやりと思った。

鴨宮さんは、今では桐生にも自然に接してくれている——ように見える。少なくとも、喧嘩した直後のような壁は感じられない。しかし、だからと言ってうやむやに終わらせるわけにもいくまい。

西堂教授は言っていた。桐生は、鴨宮さんの魂を見放したのだ、と。

顔には出さないけれど、心に負った傷は残っているかもしれない。きっちりと、けじめをつけなくては。近いうちに飲みにでも誘って、そのときに……。

「あ、そうそう、これももう知ってるかもしれないけど……」

まとまりかけた思考が、立花さんの声に遮られた。桐生が顔を上げると、彼女は少し身を乗り出し、内緒話でもするような小声で続ける。

「鴨宮さん、元カレと復縁したらしいわね」

えっ……？

危うく、コーヒーの缶を落とすところだった。

直後、「元カレ」と「復縁」という言葉の意味が、隕石《いんせき》みたいにどこかから降って来て、桐生の頭をガンと叩いた。

目眩がした。けれど、顔に出すわけにもいかず、桐生はただ無表情を意識する。頬の筋肉が、引きつるかと思った。

立花さんが、意外そうな声で尋ねてくる。

「あ、知らなかった？」

「えぇと……、はい。知りませんでした……」

かろうじて、それだけ言えた。落ち着かねば、とは分かっていたが、二人に気付かれないリラックス法というのが、とっさには思いつかない。深呼吸を始めても不自然だし、人という字を手に書いて呑むわけにもいかない。結局、ひたすら身を固くするほかなかった。

だけど、どうしてこのタイミングで……。たしかに以前、二年間付き合った彼氏と別れたって、聞いたことがあったけれど……。

頭の中がぐるぐると回る。事実を受け入れるのを、脳が拒否しているかのようだった。

「なんだ、桐生の恋は実らず、ってわけか」

嵐田が、ニヤニヤ笑いながら肩を叩いてくる。この男は、やはり何も考えていないようだ。

それが救いでもあると同時に、桐生の心を残酷にえぐる。

「……なんだよ、それ」

「あれ？　違ったか？」

「違うよ。前にも言ったろ？」

桐生は、嵐田を適当にあしらっているフリをする。そうして自分をもだましておかないと、なんだか卒倒しそうだった。

この話題は、もう終わりにしてくれ。心の奥でそう叫んだのだが、願いは誰にも届かなかった。さらなる追い討ちが、桐生に襲いかかる。

「たしかに、ちょっと意外だったかなぁ」遠くを眺めるような目をして、立花さんが言う。

「私もてっきり、鴨宮さんはあなたに気があるものだと思ってたから」

もう一度、頭をガンと殴られたような衝撃。喉が詰まりそうになり、返事をするのもひと苦労だった。

「えっ……、私ですか？」

とぼけた調子を意識したが、うまくいった保証はない。声の端が震えているのを、気付かれないよう祈った。

「そんなこと、いったい何を根拠に……？」

「根拠？　ないわよ。だって勘だから」

そう答えて、立花さんはおかしそうに微笑んだ。嵐田も、「女の勘ってやつっすね」と笑っている。桐生はというと――もはや吐きそうだった。

「ああ、そうだ。一つ根拠があるとしたら」

下腹に力を入れて、吐き気を何とかやり過ごしていると、思い出したように立花さんが言った。

「あなたに言われたひと言が、とっても嬉しかったって。そう言ってた」

ひと言？

グチャグチャに混乱した頭の隅で、桐生は考える。

何だろう？　何か、気の利いたことでも言っただろうか。

桐生は急いで、鴨宮さんと交わした会話を思い出そうとする。しかし、目眩と吐き気と頭痛をこらえながらでは、曖昧な記憶を引っ張り出そうとしても、うまくいくはずがなかった。

「私のひと言……。いったい、何のことでしょうか？」

「さあ？　そこまでは知らないけど」

口をへの字に曲げて、首をひねる立花さん。どうやら、あまり詳しくは聞いていないようだ。

桐生はこらえきれず、静かにソファへともたれた。泥の沼に体を横たえたかのようだった。

立ち上がり方を忘れてしまったような……どこまでも沈み込んでいくかのような……そんな感覚。

嵐田と立花さんが、何事か話し始める。まるで水中にでもいるかのように、二人の声が歪んで揺れ動き、もはや意味を汲み取ることができなかった。

その日はずっと、ふわふわとした気分だった。

起きているのか眠っているのか、自分でもよく分からなかった。原稿を読んでも頭に入らないし、電話の声も左から右に抜けていくようだった。

結局、ほとんど仕事にならず、二十時頃に曾根崎部長が退社したのを見計らって、桐生も仕事を切り上げた。

空には鮮やかな月が浮かんでいたが、大して眺めもせずに地下鉄への階段を下る。帰宅ラッシュの人波にひたすら流され、ぼんやりしている間に、いつしか電車の中へと押し込まれていた。

吊革《つりかわ》につかまって、窓を見つめる。真っ黒なガラスには、疲れた顔がいくつもいくつも並んでいた。けれど中でも、正面に映り込んでいる自分の顔が、一番くたびれて見えた。まるで入院患者のような、あまりにもひどい顔をしている。

ガタガタと揺れてから一旦傾き、電車が止まる。プシューッとドアが開いたら、数えきれない人間が吐き出され、また呑み込まれる。そして、ドアが閉まって電車は走り出す。細くて長くて暗いトンネルの中、ベルトコンベアで流れる製品みたいに、桐生たちは箱詰めされて運ばれていく。

この車両には、いったい何人の人間が詰め込まれているのだろうか。

ゴーゴーと絶え間なく続く音を聞きながら、桐生は考える。

俺のように、心が空っぽになってしまっている人間は、他にいるのだろうか。

そんなことを考えても、意味なんてない。意味のないことを考えて、心がグラグラ揺れるのをやり過ごしているだけだ。机の下に隠れて、地震が治まるのを待っているのに似ている。意味のないことを考えていないと、真っ暗な谷底に呑み込まれてしまいそうだった。

俺だけが特別なわけじゃない。自分自身に、そう言い聞かせてみる。

同じような経験をした人間なんて、きっと星の数ほどいるだろう。それに、人口統計的に考えて、いったい世の中に、何人の未婚女性がいると思っているんだ。一度の失恋くらいで、くよくよするな――。

ガタン、と車両がひときわ大きく揺れて、電車が停車した。もう何度目になるだろうか。ドアが開くと同時に乗客が降りていき、新たな客が乗り込んでくる……と思っていた。けれど、いつまで経っても、新たな乗客は乗ってこない。おまけにドアはいつまでも閉まらず、電車は完全に沈黙してしまった。

おかしいな。不思議に思って、桐生は初めてドアの外へと目を向ける。駅名を示す看板が、目の前にあった。

元町・中華街

終点だった。桐生が降りるはずだった駅は、とっくの昔に通り過ぎていたのだ。

降りなきゃな。

乗り過ごした、という意識はなかった。電車はこれ以上は進まない。ならば当然、降りなければならない。そんな機械的な判断で、桐生はホームに足を踏み出した。

上り列車に乗り直さなくてはならない。頭では分かっていたが、桐生の足は、フラフラと外に向かった。自動改札を抜けて、エスカレーターで移動する。

地上に出ると、冷たい空気が心地よかった。辺りでは横浜の街が、徐々に眠りにつこうとしている。

通りに沿って歩を進めると、すぐに潮と草の香りがする。黒々としたかたまりが現れたかと思ったら、山下公園だった。暗がりの中で、木々が静かにたたずんでいる。

夜は案外、人気が少ないんだな。

海沿いに歩きながら、桐生は思う。

遠くに、観覧車を中心とした、パレードのような輝きが見えた。青、白、ピンク、緑、黄色……。黒地のキャンバスに描かれた、巨大な芸術作品。

「俺は、何を言ったんだろうか？」

海への転落防止の柵に腰かけて、桐生はポツンとつぶやいた。ゆっくりと、辺りに視線をめぐらせる。鴨宮さんと歩いた遊歩道が、街灯に照らされて浮かび上がって見えた。

――あなたに言われたひと言が、とっても嬉しかったって。

立花さんの言葉が、喉に引っかかった小骨みたいに、桐生の胸をざわつかせる。二人でここを歩いた、あの日だろうか？

そう思って、記憶の糸をゆっくり手繰り寄せてみる。たしかあの日は、観覧車とか、税関とか、とにかく目につくものすべてを鴨宮さんが珍しがっていた。どんな会話をしたかまでは……残念ながら、ほとんど思い出せない。

だけど、たしか中華街へ向かう途中で、「編集者十年説」について教えてもらったことだけは、なんとなく覚えている。勘に頼っている編集者の寿命は、十年しか続かない。彼女は、そう言っていた。

つまるところ、どちらかといえば桐生が鴨宮さんから教わる側だった。彼女が喜ぶような言葉は、おそらく一音たりとも発していないだろう。情けない話である。

では、別の日か。

懸命に、記憶の引き出しをあさってみる。けれど、どうにも難しかった。どの記憶も、百年前の写真みたいに色褪《いろあ》せて、輪郭すらもあやふやになっている。考えてみれば、彼女と出会ってから、すでに一年半ほど経っているのだ。すべての会話を思い出すことなど、どだい無茶な話だった。

背後でチャプチャプと、波の寄せる音がする。桐生は柵から腰を上げ、海を振り返った。

夜の海というと、普通は真っ黒に塗りつぶされたイメージだろう。けれど、この横浜の海は違う。日本有数と名高い夜景を照り返し、地上に降りてきたオーロラのように輝いている。

――実は、しばらく海って苦手だったんです。大きすぎて、何考えてるか分かんなくて。

不意に、鴨宮さんの声が耳のすぐそばで聞こえた気がした。横浜の海を眺めながら、彼女はそっと、過去の手触りを確かめているようだった。震災、津波、そして茅野幹友の『雪と生きる』。

そこで桐生は、ふと気が付いた。鴨宮さんが、震災で亡くなった作家・茅野幹友を尊敬しているというのは、前にどこかで聞いた。けれど桐生は、彼の著書を『雪と生きる』しか知らない。

――他にも良い作品がいっぱいあるので。機会があったら、読んでみてくださいね。

鴨宮さんにはそう言われていたのに、調べてみるのをすっかり忘れていた。他にはいったい、どんな作品を残しているのだろうか。

それまで忘れていたくせに、気になり出すと落ち着かない。桐生はポケットからスマホを取り出し、『茅野幹友』を検索した。一番上に、ウィキペディアが表示される。

こんなところで、俺はいったい何をしているんだ。

柵をサラリとなでつつ、桐生は苦笑を浮かべる。目の前を、若いカップルが楽しそうに行き過ぎる。

ウィキペディアの細かい文字に、桐生はサッと目を走らせた。小説家・茅野幹友。宮城県出身で、二〇一一年三月十一日に死去。書籍化されている作品は、どうやら十作ほどのようだ。『雪と生きる』は、彼の生涯で最後の作品で……。

「……ん？」

画面をスクロールさせようとしたところで、桐生の指は止まった。いや、指だけではない。その瞬間、全身が石になったみたいに硬直してしまった。呼吸の仕方すらも忘れたように、息を詰めて、画面に見入る。釘付《くぎづ》けになる。

「本名・鴨宮富紀《とき》……？」

何かの間違いかと思った。ウィキペディアに時々あるような、ありふれた誤植かと思った。けれど、こんな狙いすましたような誤植が、はたしてあり得るものだろうか。

反射的に、画面を切り替えた。震える指先でパネルをタッチし、見慣れた番号を呼び出す。夜にかけられたら迷惑かもしれないとか、そんな思考を働かせる余裕はなかった。

コール音が十回ほど鳴った後、電話はつながった。

「もしもし？」

「もしもし、桐生だけど」

「おう、いったいどうした？　何かあったのか？」

ちょっと心配そうな声で、嵐田が言った。そこで桐生は、言葉に詰まる。

こんなことで電話するなんて、もしかしたら非常識なのかもしれない。けれど、桐生は何としても、今すぐに知りたかった。

そして、このことを尋ねられる相手といったら、この男以外にない。桐生に『雪と生きる』を薦めてきたのは……他でもない嵐田なのだから。

「なあ、嵐田」

迷った末に、桐生は単刀直入に問いをぶつけた。

「茅野幹友……『雪と生きる』の著者って、鴨宮さんの家族なのか？」

電話の向こうで、嵐田がひるむ気配がする。その後ろから小さく聞こえる、人の話し声。どうやら、彼も屋外で電話をしているようだ。

数秒間の沈黙。桐生が再び口を開こうとしたところで、意を決したように嵐田が言った。

「……俺も聞いたことがある。本人は、あまり大っぴらにしたくないらしいけどな」

「やっぱりか」

「ああ、お前の言う通りだ。茅野幹友は、カモちゃんの親父《おやじ》さんらしい。立花さんがそう言っているのを、前に小耳に挟んだ」

真剣な口調で、彼は続ける。予想していたことだけれど、いざ事実として突きつけられると、手の震えを抑えるだけでひと苦労だった。

そうか、そうだったのか。

だとしたら俺は、彼女のことを何一つ理解していなかった。

「本名の『かものみやとき』を並べ替えて、ペンネームの『かやのみきとも』にしたんだとさ。そう言われると、ちょっとおもしれぇよな」

そんなことを言って、嵐田が笑う。桐生は、相槌を打つ気にすらなれない。

嵐田は知っていたんだ。おそらく、『雪と生きる』を桐生に薦めてきた時点で。

俺だって、もっと早く知っておくべきだった。

そうすれば、あんなことを言わずに済んだかもしれないのに。

「おいおい、電話までしてきたから何かと思ったが、そんなことか?」

「ああ、すまん……」

「声が疲れてるぜ」

あきれた声で、嵐田は言う。疲れてる。たしかに、そうかもしれないな。

「ちょっと気になっただけなんだ。急に電話して、すまない」

「そうか」

嵐田は、やや腑《ふ》に落ちないような声でそう答えたが、結局、それ以上は何も聞いてこなかった。こちらが話したくないことを、わざわざ詮索するような男ではない。

「じゃあ、また会社で」

そう言って、桐生は電話を切った。波の音が、急に間近に戻ってくる。

もはや、間違いなかった。鴨宮さんが尊敬している作家……編集者を志すきっかけとなった作家というのは……実の父親のことだったのだ。

そう確信すると同時に、頭の中の引き出しから、数々の記憶のかたまりが弾けるように飛び出した。あの日――西堂教授と三人で飲んだ日の光景が、一気によみがえってくる。記憶の中の彼女は、ちょっと恥ずかしそうな声で語っていた。

――ある被災者の女性に会ったんです。彼女は震災で父親を亡くして、何人かの友だちを失いました。

鴨宮さんは、たしかにそう言っていた。

今なら分かる。「被災者の女性」とは、彼女自身のことだ。

――その人を支えていた本が、茅野先生の『雪と生きる』だったんです。

それが、彼女の「魂」だった。

桐生はすでに彼女の「魂」の声を聞いていたのだ。

――俺もあの作品が大好きだ。きっと君も、あんな素敵な作品が作れるよ。

完全に、無意識だった。けれど、あのときの桐生は、たしかに鴨宮さんの「魂」と会話していた。もしかしたら、鴨宮さんが喜んだという「ひと言」とは、この言葉だったのかもしれない。

それなのに……。

――本は、編集者のエゴで作るものじゃないってことさ。

桐生は、彼女の想いを「エゴ」と切り捨てた。

桐生は、彼女の「魂」を見放してしまった。

こんな残酷な仕打ちが、あっていいのだろうか。

「なんだ、自業自得じゃないか」

ポツリと、海に向かってつぶやいた。声は波紋すら残さずに、風に紛れて消えていく。

傷つけてしまって当然だった。

桐生への好意が一気に消え去るのも、むしろ自然なことに思えた。

膝が震える。大切に思っていたものを、桐生は自分自身で捨て去っていたのだ。

ぐるぐると視界が回転する。山下公園の木々と、遠くに立ち並ぶビル群と、観覧車と、海と船とが、入れ代わり立ち代わり現れては、無言のうちに桐生を罵倒していった。

そうして目眩が治まって、最後に目に留まったのは、柵と、光の浮かぶ海。二人で横浜を歩いた日……鴨宮さんが寄りかかっていた、ちょうどその場所だった。

あの日、彼女は幻でも偽りでもない、真っ直ぐな笑顔を向けてくれた。だが、彼女の笑顔は記憶の中で、薄れ、色褪せ、風化していた。何度試してみても、あの日桐生に、桐生だけに向けてくれた笑顔を、思い出すことができない。

ああ、そうか。

失恋って、こういうものだった。

大切な人の笑顔は、もう過去のものとなってしまった。あの笑顔はもう二度と、桐生に向けられることはないのだろう。かつて、そうだったように。

苦しかった。

今すぐ海に飛び込んで、淡雪のように消えてしまえるならば、そうしたいくらいだった。

もちろん、桐生だって分かっているつもりだ。大人の恋は、いつでも一時的なもの。鴨宮さんが、本当に桐生に気があったのかなんて分からないし、あったとしても、一時の気の迷いかもしれない。落ち込むなんてナンセンス。また新しい女性を見つければいい。合理的に考えれば、それが最善。落ち込むことに、何のメリットもない——。

「……くそ食らえ」

気付くと桐生は、吐き捨てていた。フラフラと海沿いの道を外れ、芝生を踏む。

乱暴に鞄をあさると、分厚い紙の束が指先に当たった。分析用に集めた書籍のデータ、数百枚。

桐生は、そのうち十枚ほどを鞄から抜き出した。深く息を吸い、細く、長く吐く。そして……。

思い切り、左右に引きちぎった。

二つに裂かれたプリントたちが、ハラハラと地面に舞い落ちる。続いて、次の十枚を鞄から引き抜く。今度は間髪を容《い》れず、横一文字に破いた。

夜の山下公園に、紙を破る音が断続的に響く。ときおり、近くを通りかかろうとした人が、ギョッとしたように足を止め、慌ててUターンしていく。けれど、今の桐生にとって、そんな小さなことはどうでも良かった。

破いては捨て、破いては捨て……。芝の地面が裂けたプリントで埋め尽くされても、なお、桐生はデータを破き続けた。

「……ちくしょう、ちくしょう……」

ひたすら手を動かしながらも、自分にしか届かないかすれ声で、桐生はつぶやいていた。力を込めすぎたせいか、両の手のひらがヒリヒリと痛む。頰にはいつしか、幾筋もの涙が伝っていた。

## 6 〝理系〟と〝リケイ〟

どんなに辛《つら》いことがあろうとも、季節はその歩みを止めてはくれない。一見、残酷にも見えるけれど、それは救いでもあると思う。立ち止まることを許されたら、人は、きっと自力で進み続けることなどできないだろう。

走ってきた。走り続けてきた。脇目も振らず、ただひたすらに。

そうすることが正しかったのかどうか、今でも分からない。けれど桐生は、これからも走ると決めている。鍛え上げた理系的思考だけを武器に、ただひたすらに。

そうする以外、うまい生き方を思いつかないから。

大ヒット作『メルセンヌの見た夢』は、単行本の発売から二年が経った今月、文庫本として生まれ変わった。単行本の半額以下となった値段、そして以前より知名度の上がった北条先生の力により、順調すぎる滑り出し。発売から一か月と経っていないが、すでにベストセラー街道を驀進中《ばくしんちゅう》である。

しかも、それだけではない。『メルセンヌの見た夢』の好調に引っ張られるように、夏木出版の文芸書全体が、この二年間で少しずつ売り上げを伸ばしていた。もちろん、全盛期に比べればまだ劣る。しかし、「出版不況」が続く昨今においては、この成長率は目覚ましいものだ。

「お前はやっぱり、文芸編集部の救世主だったのかもな」

「俺は、何もしていないよ」

行きつけの和食屋。カウンター席に二人並んで、桐生と嵐田は箸を進める。店内は混雑しており、それなりに騒々しいが、会話に支障が出るほどではない。

「ヒット飛ばして、かわいい彼女もいて……、順風満帆じゃねぇか」そう言ってから、嵐田はサバの煮つけをパクリと口に放り込んだ。「ホント、羨ましいぜ」

「俺の担当書が売れてるのは、お前が贔屓《ひいき》してくれてるからだ。助かってるよ」

非常に面倒くさかったが、桐生は一応、礼を言っておいた。案の定、嵐田は調子に乗ってニカッと笑う。

「そうだろ？　だからさ、俺にも女の子を紹介してくれ」

「ああ、考えとくよ」

適当にあしらう桐生。嵐田は、露骨に不満そうに顔をしかめた。味噌汁の椀をわしづかみ、ゴクゴクと具ごと飲み干す。喉を詰まらせても絶対に助けない、と桐生は前々から決めている。

「ところで、カモちゃんのことだけど」

口元を乱暴に拭い、嵐田が切り出した。箸を止めて横目を遣うと、嵐田は思いのほか真剣な目をしていた。

「桐生からは、プレゼントとか渡すのか？」

「どうして俺が？」

「かわいい後輩だろ」

何をいまさら、と言わんばかりに、嵐田はため息を吐いた。それから、茶碗に残っていたご飯を勢いよくかき込む。桐生も黙って、たくあんをご飯と一緒に口に入れた。

「たしかに寂しいけどよ……めでたいことなんだから、祝福してやらねぇと」

カチャン、と箸を置く音に続いて、嵐田はしみじみと言った。桐生は黙って、たくあんをかじる。

言われなくても、祝福するつもりだ。けれど、わざわざ個人的にプレゼントを渡したりするのは、なんだか照れくさい。この期に及んで「照れくさい」などと言うのも、おかしな話だけれども。

鴨宮さんは、今日付で夏木出版を退職する。

正確には、今の彼女は「鴨宮さん」ではない。先日入籍を済ませ、苗字《みょうじ》が「篠崎《しのざき》」に変わっている。典型的な、寿退社。

『メルセンヌの見た夢』の文庫化は、彼女の最後の仕事だったのだ。

退職の話を聞いたとき……動揺しなかったと言えば、嘘になるだろう。

桐生にだって、今は恋人がいる。けれど、だからといって簡単に割り切れるほど、男という生き物は単純ではない。

以前のように、体が二つに裂けてしまいそうなほどの苦しみはない。けれど、小さな小さな針のようなものが、心のどこかにずっと刺さって抜けないような……。そんなかすかな痛みが、桐生の胸に残り続けた。

おまけに、桐生は知ってしまっている。彼女がずっと隠してきた、熱意の根源たるものを。それを知っておいて、動揺するなという方が無理な注文だった。

桐生は鴨宮さんの、魂を見捨てた。もしもあれが、彼女の熱意に水を差してしまったのだとしたら。退社の原因の一つになってしまっているのだとしたら。

そんなことを考えても、何も始まらないことは分かっている。現実は非情だ。いつだって過去は、決して取り返しがつかないのだから。


「退社式」とは言っても、花束の贈呈があったり、出席者にお酒が振る舞われたりするわけではない。関係者が会議室に集まって、曾根崎部長と鴨宮さんの短めのスピーチを聞くだけの、簡素なものだった。文芸編集部と営業部、その他、鴨宮さんと縁の深かった社員の何人かが、黙って耳を傾ける。どちらも当たり障りのない、紋切型のスピーチだった。

午後五時ちょうどにスピーチが始まって、終わったのは五時五分過ぎ。五年半を勤め上げた人を送るにしては、あまりにあっけない幕切れだった。

式が終わると、出席者たちはぞろぞろと会議室を後にする。当たり前だが、鴨宮さんが辞めるといっても、会社は変わらず回っていく。一つの歯車が外れても、きっと別の誰かが埋め合わせをするのだろう。明日からは、鴨宮さんのいない編集部で、以前と大して変わらずに仕事が続いていく。

会社というのは、血の通った人間が働く場所のはずなのに、いつでも、ぞっとするほど冷たいものだ。

「あの……、桐生先輩」

他の社員に続いて、桐生が会議室を出ようとしたときだった。後ろから、ちょっと遠慮がちな声をかけられ、桐生の心臓は、ぴょんと跳ねた。

振り返ると、微笑みを浮かべた鴨宮さん――正しく言うなら、今は篠崎さん。彼女はちょこんと、頭を下げた。

「三年半、いろいろ教えてくださって、ありがとうございました」

「うん……」

「辛いときには励ましてくださって、ホントに嬉しかったです」

「うん……」

気のなさそうな返事だけが、勝手に口から飛び出てくる。最後だというのに、やっぱりさえない男だ。この人が辞めるのは、俺のせいかもしれないってのに……。結局、祝福も謝罪もできずに終わるつもりか、ふざけるな。

頭の中で、誰かが怒鳴り散らしている。けれど肝心の言葉たちは、喉を通ろうとするたびに、泡のように消えてしまう。声に出さないと伝わらない。言葉というものをこれほど不便に感じたことは、かつてなかった。

黙ってしまった桐生を見て、鴨宮さんは苦笑い。彼女は、少しだけ考え込むように、小首を傾げた。

そして、次に彼女の口から飛び出したのは、あまりに衝撃的なセリフだった。

「実はあたし、小説家を目指すことにしたんです」

「え?」

ショウセツカ?

唐突で、完全に予想の外側から飛んできた言葉。文の意味と現実とが、うまく噛み合ってくれない。

「ええと、どういうこと?」

「まあ、紆余曲折《うよきよくせつ》あったんですけど」

言葉を選ぶように黙ってから、鴨宮さんは話を続ける。

「去年、小さな新人賞に応募したんです。そこで運よく、最終選考まで残ることができて」

「えっ、それはすごい」

桐生は思わず、大きな声を出してしまった。新人賞の最終選考に残るといったら、それだけで何百倍という倍率なのだ。夏木出版で働きながら執筆して、そこまでの数々のハードルを越えるなんて。

ちょっと恥ずかしそうに、鴨宮さんが頬を赤らめる。

「結局、賞は取れなかったんですけど……編集者さんの一人が『次の作品も読みたい』って言ってくれて。執筆の指導をしてもらえるようになったんです。育成選手みたいなものですね」

桐生は啞然として、ただただ黙って耳を傾けていた。彼女の口から発せられる言葉の一つひとつが、すべて新鮮な驚きをもたらしてくれる。

同時に、心の中で凝り固まっていた不安とか、後悔とか、そういったものがまとめて解けていくのが感じられた。

「良かった」ホッと安堵《あんど》の息を吐きながら、桐生は言った。「志を捨てたわけじゃ、なかったんだね」

「そんなはずないじゃないですか」

鴨宮さんは心外そうに、口をへの字にする。それから、軽く肩をすくめて、思い出したように付け加える。

「まだまだ修業中なので、デビューはいつになるか分からないんですけど」

「楽しみだよ」

桐生は声を弾ませる。社交辞令なんかではなく、本心から出た言葉だった。

彼女は、何一つ諦めてはいなかったのだ。むしろ、必死に努力を重ね、理想とする道へと確実に近付いていた。

「おめでとう」尊敬の念すら込めて……桐生は言った。「頑張って。応援してるから」

「先輩も。ミリオンセラー、楽しみにしてます」

「プレッシャーだなぁ……」

情けなく頭をかくと、鴨宮さんは楽しそうに笑った。つられて、桐生も笑い出す。二人だけが残った会議室を、温かな空気が満たしていく。

「お幸せに」

「はい」

鴨宮さんは、迷いなく頷いた。そのときに見たまばゆい笑顔を、桐生はしっかりと両目に焼き付けた。

そして……。

もう二度と、忘れることがないように。心の奥に、そっとしまった。

これを和解と呼ぶべきなのかどうか、桐生には分からない。彼女が笑ってくれたからといって、すべてが許されていいものだとも思えない。

けれど少なくとも、走り続ける理由だけは、その胸の内にたしかに生まれた。

ミリオンセラー。文芸に異動してから三年半経つけれど……それがどれほど途方もない目標だったのか、痛いほど実感する日々である。

「どうした、桐生？　ボーッとして」

怪訝そうな声で、嵐田が尋ねてくる。桐生は、思考の沼からそっと身を起こした。会議室の時計の針が、夜の十時を打つ。

「ああ、考え事だよ」

「そうか」

嵐田は、大して興味もなさそうだった。鞄から、丸々太ったクリアファイルを取り出して、ニカッと得意気な笑みを浮かべる。

「ほら、見てみろ。最新のデータ、集めてきたぜ」

「助かる」

短く礼を言ってから、桐生はふと考える。夜の会議室を陣取って、こうしてデータ分析をするのは、いったい何度目になるだろう、と。

ヒットにつながったこともある。完全にアテが外れたこともある。それどころか、過ちを犯し、大切な人を傷つけてしまったこともある。

数えきれない過去を呑み込んで……桐生は、前に進むと決めたのだ。

編集者のエゴではない。統計に縛られた冷血な合理主義でもない。今の世の中の人に、どんな本を読んでもらいたいか。それを見つけるために、桐生は理系としての刃《やいば》を振るい続ける。自らの魂を、原動力にしながら。

それは、ただ単に「理系」と呼ぶには、あまりに違和感のある生き方だった。理系であって、理系でない。だから桐生は、別の呼び名を考えた。

リケイ。

口で言うだけでは、きっと誰にも、違いが伝わらないだろうけど。

「おい、嵐田」

「ん？　何だ？」

いつもの通り、紙の束を机にばらまこうとしたところで、嵐田は手を止めた。不思議そうな顔をする大男に向かって、桐生は手を差し出す。

「今日は俺にやらせてくれ」

リケイ文芸同盟。

桐生と嵐田の挑戦は、まだまだ終わらない。

二百枚のプリントが、今夜も机を覆い尽くした。

【主な参考文献】

エドワード・ハリソン（著）／長沢工（監訳）『夜空はなぜ暗い？』（地人書館、二〇〇四年十一月）
倉田博史・星野崇宏（共著）『入門統計解析』（新世社、二〇〇九年十二月）
芹沢正三（著）『素数入門』（講談社、二〇〇二年十月）
多田洋介（著）『行動経済学入門』（日本経済新聞出版社、二〇一四年七月）

※作中に登場する素数に関するデータは、ＧＩＭＰＳ（Great Internet Mersenne Prime Search）の公式ホームページを参照した。
http://www.mersenne.org/（二〇一五年一月二十一日閲覧）

本書は書き下ろしです。

JASRAC　出1501430-501

〈著者紹介〉
向井湘吾　1989年神奈川県生まれ。東京大学卒業。日本数学オリンピック予選にてAランクを受賞し、本選に出場経験あり。『お任せ！　数学屋さん』で第２回ポプラ社小説新人賞受賞。著書に『かまえ！　ぼくたち剣士会』『お任せ！　数学屋さん　２』がある。

GENTOSHA

リケイ文芸同盟
2015年２月25日　第1刷発行

著　者　向井湘吾
発行者　見城 徹

発行所　株式会社 幻冬舎
〒151-0051　東京都渋谷区千駄ヶ谷4-9-7

電話：03(5411)6211(編集)
03(5411)6222(営業)
振替：00120-8-767643
印刷・製本所：図書印刷株式会社

検印廃止


ISBN978-4-344-02728-2 C0093
幻冬舎ホームページアドレス　http://www.gentosha.co.jp/

この本に関するご意見・ご感想をメールでお寄せいただく場合は、
comment@gentosha.co.jpまで。